JN110000
Vol.3
男嫌いな美人姉妹を
名前も告げずに助けたら
一体どうなる？

「どうかしら？　気持ち良い？」
新条《しんじょう》亜《あ》利《り》沙《さ》
双子の姉。
主人公・隼人のことが大好きで、
彼に隷属することが夢。

「全部洗ってあげるからね！」
新《しん》条《じょう》藍《あい》那《な》
双子の妹。
主人公・隼人のことが大好きで、
彼の子供を産むことが夢。

「汗を拭いてくれませんか？」
新《しん》条《じょう》咲《さき》奈《な》
亜利沙と藍那の母親。
恩人である隼人のことを
溺愛している。

男嫌いな美人姉妹を名前も告げずに助けたら一体どうなる？3

みょん

角川スニーカー文庫

23875

contents

story by Myon ／ illustration by Giuniu
designed by AFTERGLOW

プロローグ

「……桜が綺麗《きれい》だな」

三月の下旬ともなると、街を彩る桜がとても綺麗だ。

一際強い風が吹くと花びらが舞う様は幻想的で、この新たなスタートを予感させてくれる光景が大好きだ。

風に乗って飛んできた一枚の花弁を俺は手に取った。

「もう少しで二年生……去年もこの桜を見ていたっけか」

一年生の日々を終え、俺はもうすぐ二年生になる。

二年生になれば新たに後輩も出来るわけで、ある意味、新たな学校生活が幕を開けると言っても過言じゃない。

「さ～てと、見惚《みと》れるのはここまでにして、さっさと行くとするか」

俺は彼女たちの待つ家に向かって歩き出した。

otokogirai na bijin
shimai wo namae
mo tsugezuni tasuketara
ittaidounaru

▼▽

つうか、誰にも教えてないしそんなつもりもないんだけど……亜利沙《ありさ》と藍那《あいな》、二人と付き合い始めて結構経《た》ったよな。

新条《しんじょう》家に向かいながら俺はそう思った。

こうして一人の時間を過ごしていると毎回思うこと、それが——よくもまあ二人の女の子と同時に付き合う決心をしたな、というものだ。

別にやれやれでもないし仕方ないと考えたわけでもなく、俺は心から彼女たちと一緒に居たくてこの選択をした結果、今がある……敢《あ》えて言うなら、とても幸せなのだと胸を張って言える。

「……ふわぁ」

休日の昼前……そのうえ春なので、眠気を誘う陽気がとても気持ちが良い。

大きく開けた口を隠すように手を当て、俺は新条家の玄関前に立ちインターホンを鳴らした。

タタタッと足音が中から聞こえたと思ったらすぐに扉が開き、二人の女の子が飛び出して俺に抱き着く——俺にとって何よりも大切な二人の彼女だ。

「いらっしゃい隼人《はやと》君！」

「えへへ、さあさあ早く入って入って隼人君！」

黒髪と茶髪という違いはあれど、顔立ちが似ている双子の姉妹。

新条亜利沙と新条藍那――かつて彼女たちを助け、それから一緒に過ごすようになり付き合うことになった二人の女の子だ。

（くぅ……！　今日も幸せな気分だ……っ！）

最近、俺は明確に実感したことがある。

それは大きな胸が大好きなのではないかということだ。いつも思うのだが亜利沙と藍那は本当にスタイル抜群の美少女だ。

そんな子たちがこんな風に抱き着いてくれれば自然と体に押し当てられるあまりにも豊満すぎるバスト……こう考えるのが何度目かは分からないが、密着される度に幸せを感じるのは俺が単純な男だからなのでしょうか――答え求む！

「隼人君？　早く入りましょう」

「そうだよぉ。中で好きなだけこんな風にしてあげるからさ♪」

「……いえす」

どうやら気付かれていたらしい……。

二人に連れられて中に入ると、もはや俺にとっては実家のような安心感を抱かせる香りが広がっている。

そんな落ち着く空間を歩いて向かう先はリビング——そこには亜利沙たちと同じく親しくなった女性が待っていた。

「いらっしゃい隼人君」

「はい。お邪魔します咲奈《さきな》さん」

新条咲奈さん。

亜利沙と藍那のお母さんでとにかく！　とにかく色気がムンムンに溢《あふ》れるような女性であり、流石《さすが》二人のお母さんって感じの人だ。

(最近、気を抜いてると咲奈さんのことを自然に母さんって呼びそうになるんだよな)

贅沢《ぜいたく》ではあるがこれがまた一つ悩みだったりする。

昔……それこそ小学校くらいの時に学校の先生を間違ってママと呼んでしまい恥ずかしがっていた同級生が居たけど、本当にその気持ちが理解出来るほどに俺も恥ずかしくなってしまう。

まあ咲奈さんのことを母さんと呼んだところで亜利沙たちは微笑《ほほえ》ましそうに見つめてくるし、咲奈さんに至っては完全に母の顔となって俺に飛び付いてくる……むしろ呼んでくれと言われてしまうほどだ。

（は〜……本当に温かい家庭だよここは。落ち着いて安らかな気持ちになる）

亜利沙と藍那に告白される際、愛に溺れてほしいと言われた。

そして俺もその愛の沼に溺れることを選んだ……ははっ、その時のことも今となっては懐かしいもんだ。

「隼人君？」

「どうしたの？」

「あぁごめん。ここの居心地がよすぎてついボーッとしちゃってたよ。マジで大好きだよ二人とも」

自分で自分が口にした台詞《せりふ》をクサいと思いつつも、素直に言葉を伝えることは大事だと思っているので、基本的にこうやって言葉にするのも様になってきた。

「……私もよ」

「……お股にキュンって来ちゃうよ♪」

亜利沙の反応はともかく、藍那の反応はやっぱりまだ少し慣れないな……。

俺たちのやり取りをクスクスと笑いながら見ている咲奈さん。彼女はエプロンを身に着けながら俺たちに座っていてと促す。

「もう十一時半だし昼食を作ってしまうわね。三人とも、カレーでいい？」

俺たちは揃《そろ》って頷《うなず》くのだった。

それからしばらくするとカレーの良い香りが漂い始め、空《す》いていた俺のお腹《なか》を刺激してくる。

途中で亜利沙が手伝いに入ったりしてカレーの準備が進み、俺たちは四人揃って昼食を食べる。

「あむ……う～んやっぱり美味《おい》しいや」

「うふふっ♪　ありがとう隼人君」

美味しいと伝えるのも心からの礼儀だ。

ちなみに今日はここに泊まるつもりなので、夕食も咲奈さんと……亜利沙と藍那はどちらかが手伝ったりするのかな？　まあその辺りは分からないけど、美味しい料理をご馳走《ちそう》になれると思うとテンション爆上がりだ。

「ご馳走様でした」

「お粗末様でした♪」

昼食を食べ終わった後、俺たち三人は亜利沙の部屋に行った。

特に何かをしようと考えているわけじゃないが、俺たちは互いに身を寄せ合うようにしてのんびりとした時間を過ごす。

「……この配置さぁ。めっちゃ贅沢な気がするんだよ」

「それ前も言ってなかった？」

「確かに言ってたよねぇ。王様みたいだよ隼人君！」

亜利沙のベッドに背中を預けるようにして床に座り、そんな俺に両サイドから亜利沙と藍那が引っ付くようにしているのが今の状態だ。

二人に腕を抱きしめられるのも好きだけど、逆に俺の方から二人の肩に手を置くようにして抱き寄せるのも中々に捨てがたい……確かに藍那が言ったように、今までにも何度かあったが王様気分を味わわせてもらっている。

「……俺たち、後少しで二年生だな」

これからのことを考え、ボソッと俺は呟《つぶや》く。

呟いたといっても空気に溶けてしまいそうなほどに小さな声だったけれど、これくらいの距離ならば二人の耳に届くのも当然だ。

「そうねぇ」

「そうだねぇ」

……さて、こんな風に色々ととりとめのない話をしながら二人に寄り添われていると……俺は嫌でも意識してしまう存在がある――二人の胸だ。

（大きくて柔らかい感触がずっと当たってやがる……くそっ、今までもよくこうされたし、事故で触れたこともある……何なら顔を埋《うず》めるような形になったことだってある……っ！）

これは正に俺の魂の叫びと言えるだろう。

女性のそういった部位に俺は年頃の男としてエロさを感じてしまうし、何なら思う存分触って揉《も》んで好き勝手してみたい欲望はある。

（それって……単純にエッチしたいって気持ちだよな？）

そう自分自身に問いかけ、心のどこかで強く自分が頷くのも感じた。

亜利沙と藍那も普段からエロいというか、触れ合い方にもそういった意図を感じる瞬間は多い……いや、そもそもそれを一切感じなかったとしたら俺は男としての機能が終わってると思うくらいだ。

「隼人君？」

「どうしたの？」

エッチ……したいとは思うさ当然だろ。

でも万が一があった時、俺はまだ責任を取ることが出来ない……いくら欲求があるとはいえ無責任なことは絶対にしたくない。

どんなに雰囲気が盛り上がっていたしても、俺は彼女たちのために……そして自分自身のためにその境界線をしっかりと引いているつもりだ。

「これは……考え事かしら？」

「あたしたちが居るのにぃ？　これはお仕置きだねぇ♪」

それでも性への探求心は中々抑えられない……くぅ！　困ったもんだぜ！

そんな風に内心で呟くからこそ誰の迷惑にもなっておらず、それこそ彼女たちに聞かれているわけでもないと安心していた俺だったが、不意打ちのように押し倒されてしまう。

「っ⁉」

「隼人君？　私たちと一緒に居る時に考え事はダメよ？」

「そうだよぉ。ねえねえ、何を考えていたのかなぁ？」

「そ、それはだな……」

言えるわけねえ！　絶対に言えねえ！

完全に押し倒されて退路を塞がれており、起き上がろうとすれば亜利沙と藍那を無理やりにでも退《ど》かす必要がある。

どうする……？　そんな風に悩んでいる俺の上に二人がしな垂れかかる。

「私たちには言えないことなの？　ねえご主人様？」

「言えないことなのかなぁ？　ねえ未来の旦那様ぁ？」

「ぐっ……ぐぬぬ……っ」

ぐぬぬっておい……でも、これは正しくぐぬぬ案件だ。

ご主人様と言われたことも、旦那様と言われたことも今の俺には気にする余地がなく、ただただ体に押し当てられる圧倒的なまでの柔らかさと、ふわっと香る彼女たちの甘い香りに脳が痺《しび》れるような感覚に陥っている。

（……こんな風に揶揄《からか》われたままで良いのかよ隼人！　別に揶揄われたくらいで機嫌を悪くしたりしない。それだけ彼女たちとの仲が良いことの証《あかし》だから喜ぶべきことだろ……！でも……偶《たま》にはちょっとやり返しても良いんじゃないか⁉）

その時、俺は自分の魂が震えるのを感じた。

やったるでぇ！　ここでやらねば男が廃る！　一体何をと思われてしまうかもしれないが、それでも俺の心は今とてつもなく震えていた。

これは反抗心……俺を揶揄う彼女たちに対する勇気ある反逆なのだ‼

「あまり俺を舐《な》めるなよ……亜利沙！　藍那！」

「えっ？」

「きゃっ⁉」

体に力を入れ、二人を持ち上げるように上体を起こす。

二人の背後に座布団が置いてあるのを確認し、これならこっちが逆に押し倒しても大丈夫だと安心しつつ、二人をそのまま倒した。

そして——魂が震えている俺は二人へのくすぐり攻撃を開始する。

「こちょこちょこちょ！」

「え……ちょっと隼人君!?」

「ふふ……あははっ！　ちょっとやめてくすぐったいよぉ!!」

今更、揶揄ったことを後悔しても遅い、止めても遅いぞ小娘があああああっ!!

……って、俺は一体何のキャラを演じてんだろ……とまあそれはともかく！

「ほれほれ、二人とも為《な》す術《すべ》なしかぁ!?」

「ちょ、そこは……ぅん！」

「あん！　ダメぇ……そこ弱いからぁ！」

あれ？　なんか色っぽい声が聞こえるな？

それでも覚醒した俺は手を一切止めることなく、的確に二人の胸や他のデリケートな場所を的確に避け、地獄のようなくすぐりをお見舞いする。

「ほれほれ、今日の俺はこんなにやり返しちゃうぞ～！」

二人とも、俺を揶揄うとどうなるかを思い知れ！

もちろん途中から俺は二人を懲らしめたいというより、二人の反応が楽しくてやってしまった感があった……その結果、大変なことになってしまう。

「あ、あれ……？」

「ふぅ……もう……やりすぎよぉ」

「そ、そうだよぉ……隼人君のえっちぃ……」

くすぐり終えた俺の目の前に広がっている光景……それはあられもない姿で息も絶え絶えな亜利沙と藍那だった。

おかしい……俺は確かにくすぐっただけのはずだ。

それなのにどうして二人が纏《まと》う雰囲気はこんなにエロいんだ⁉

「もっと……もっとして良いわよ？」

「そうだよ？　もっと触って……？」

「っ……」

顔を赤くし、もっと触れてほしいと求める二人に俺は……敗北を喫した。

俺の震えていた魂は幼子のように縮こまり、先ほどまでの威勢の良さは失われ自分のやった行為が恥ずかしくて下を向いてしまう。

何なら正座までしている俺を見て亜利沙と藍那はクスクスと笑っているが、まだ微《かす》かに残る頬《ほお》の赤みがまた俺をドキドキさせていた。

「なんというか……あんな風に体を触られたのって初めてだったわね」

「そうだね。こんなに照れてくれてるってことはさ、さっきのあられもない姿のあたしたちを見て意識したってことだもんね！」

いやいや、さっきの光景を見て意識しなかったら男として逆にヤバいだろ!!

取《と》り敢《あ》えず……ちょっと落ち着こうぜ俺。

「……はぁ。うめぇ」

渇いた喉を持ってきていたジュースで潤す。

恥ずかしさと僅かな興奮で火照《ほて》っていた体が冷えていき、あまりの気持ち良さに大きく息を吐《つ》いてしまうほどだ。

コトンと音を立ててコップを置くと、ふと二人がジッと俺を見ていることに気付く。

「……どうしたの？」

「ううん、何でもないわ」

「何でもないよ♪　別に初めて隼人君から積極的に触ってくれたなぁとか、それが凄く嬉《うれ》しかったなぁとかじゃないよ♪　そうだよね姉さん？」

「そうね……ふふっ♪」

「…………」

俺が悪いんだけどその話題はもう引っ張らないでくれ!!

これ以上変に騒いでもますます彼女たちに揶揄われるだけだと思い、俺は再びコップを手にして残っていたジュースを飲み干し、この場から逃げるわけではないけれどトイレに行くため部屋を出た。

「……あまり俺を舐めるなよ……かぁ」

いつになく思い切ったことをしたなと思いつつも、自らあんな風に二人の体を触ったこと……それが少し恥ずかしくて、俺はしばらくトイレから出られなかった。

ちなみに部屋に戻ってからもずっと、二人は事あるごとに俺の腕を抱いたり背中に体を押し付けたりして……完全に俺から自発的にお触りをさせる気満々だった。

「ええい！　それ以上やったら俺だってもっとなぁ!!」

「良いわよ？」

「良いよ？」

……断言させてもらって良いか？

俺にはたぶん、この子たちに勝てる日は絶対に来ない……あれ？　こんなこと以前にも言った気がするけど気のせいかな？

▼▽

新条家で過ごす時間は幸せに溢れているので時間の流れも早い。

「…………」

夜の街並みを窓から眺めていた。

時刻は深夜の二時ということで、チラッと視線を部屋の中に戻せばベッドではなく敷布団で寄り添って眠る亜利沙と藍那が居る。

「……ははっ、本当に仲が良いな」

まあ実を言うと元々俺が二人の間に入っていたんだが、目が覚めて起き上がってすぐに亜利沙と藍那が互いに引っ付くように動いたため、二人が向かい合うような体勢になったのである。

「でも……なんでカボチャのパジャマ？」

そう、俺はこれについてずっとツッコミを入れたかった。

二人とも新しいパジャマを今日から着るということで見せてくれたのだが、可愛《かわい》らしくデザインされた色んな表情のカボチャがプリントされているパジャマだった。

いや、確かに可愛い……可愛いんだけどさ！

俺としてはなんでカボチャ？　ってずっと言いたかったわけだ……まあ、カボチャに対して二人とも熱烈な気持ちを抱いているのは知ってるけど！

「なんつうか、家でケラケラ笑ってるあいつが想像出来てしまうぜ……」

俺と彼女たちが出会うきっかけになったあの事件――その時に被《かぶ》ってたカボチャはまだ俺の部屋に置いてある。

二人だけでなく、最近では咲奈さんも守り神として崇拝する憎らしい顔をしたカボチャ……あいつ、絶対にこの現状を見て笑ってやがるぞ。

「あれ……？　隼人君？」

「……起きちゃったの？」

「あ、ごめん二人とも」

俺が傍《そば》に居ないのを感じ取ったのか、二人が目を覚ましてしまった。

起こしてしまったことを申し訳なく思いつつも、俺が居ないことを感じ取って起きたことを嬉しいとも思う。

「はいはいすぐに戻るからな」

「うん……」

「はやくぅ……」

俺はすぐに布団の中に戻った。

季節は春になり、暖かくなりつつあるが微妙な肌寒さは残っている。

それでもそんな僅かな寒さを吹き飛ばす二人の温《ぬく》もりに包まれながら、俺は目を閉じる。

「おやすみ、二人とも」

春は出会いの季節であり、新たな始まりの季節でもある。

不安と期待を抱きながら俺——堂本《どうもと》隼人は大切な彼女たちと共に、新生活を迎えるのだった。

一、桜舞う季節に姉妹は笑む

四月六日――ついに二年生になって初めての登校日がやってきた。

外をチラッと見れば桜の花びらが舞っており、明日に控えている入学式をこの桜たちは綺麗に彩ってくれるはずだ。

新入生にとって良い思い出になればいいなと思いつつ、流石《さすが》に高校生で桜にそこまで感動する人は少ないかもなと苦笑した。

「父さん、母さん――俺、二年生になったよ」

学校に向かう準備を済ませた後、俺は仏壇の前に居た。

両親の写真と顔を合わせて二年生になった報告をする――二人が生きていた頃に比べたら俺も随分と大きく成長したのは当然だが、やっぱりそれを両親に直接見てもらえないのは少し寂しい。

「……流石に贅沢《ぜいたく》かなそれは」

otokogirai na bijin
shimai wo namae
mo tsugezuni tasuketara
ittaidounaru

しばらく写真を眺めた後、俺は家を出て学校に向かう。

春休みを終えて新生活の始まり……今までと何一つ変わらない通学路だというのに気分としては新鮮だった。

「おや、おはよう」

「おはようございます」

散歩をしていた老夫婦と挨拶をしてすれ違い、そのまま途中にある新条《しんじょう》家も通り過ぎて俺は友人と合流した。

「おっす隼人《はやと》！」

「やっと来たか」

「やっとってほどじゃないだろ……おはよう二人とも」

ニカッと笑うこの二人は俺にとって大切な友人であり、一番仲の良い男友達だ。

颯太《そうた》と魁人《かいと》——俺の家庭の事情も知っている二人は色々と気に掛けてくれる、本当に優しい友人たちだ。

「なあなあ、俺たちクラス離れると思うか？」

「可能性としてはあるだろ。むしろ同じだったら奇跡じゃね？」

「……確かになぁ」

クラス替えで、去年とは全く違う顔触れになるはずだ。

俺たちが別れてしまう場合もあれば、亜利沙《ありさ》や藍那《あいな》の二人……或《ある》いはどちらかと一緒になる可能性もあるので、もしそうなったら周りに内緒の関係だとしても一年の頃よりは教室でも話が出来る機会が増えるかもしれないな。

「そういやあまり春休みは一緒に遊んだりしなかったけど、二人は何やってたんだ？」

そう問いかけると、二人からある意味予想通りの答えが返ってきた。

「俺はアニメ見たり漫画読んだりだな！」

「スポーツジムとか行ったりしたぜ？　この肉体を維持するためにな！」

颯太はオタク趣味に全力を尽くし、魁人は自慢の肉体を維持するために体を鍛えていたようだ。

さて、そんなことを訊《き》いたら逆に俺にも質問が返ってくるのは必然だった。

「お前は何やってたんだ？」

「グループチャットも隼人だけ返事が遅かったりしたもんな？　そんなに忙しかったのか？」

……これ、どう答えれば良いだろう。

俺の春休みは基本的に亜利沙と藍那に囲まれて過ごすことが大半だったし、そこに咲奈《さきな》さんも加わって本当に賑《にぎ》やかだった。

二年生に向けての勉強も、学生らしく遊びに行ったことも、一人の寂しさを吹き飛ばすほどに温もりをもらったこと……その全てを思い返せるほどに俺の春休みは彼女たちで彩られていた。

「ま、最高に楽しかったよ」

「……そうか」

「ははっ、何をしてたか気になるけど笑ってるなら大丈夫だな！」

この様子……もしかして心配させてしまったのだろうか。

そう考えるとどれだけ優しい二人なんだよと俺は嬉しくなり、二人に肩を組むように飛び付いた。

「ったく、遊びたかったならそう言えよな！」

「なら早速今日、学校終わってからどっか行こうぜ！　どうせ昼で終わるしな！」

ということで、突発的ではあったが学校が終わった後の予定が決まるのだった。

それから俺たちは肩を組んだまま学校へ……とはならず、合流した地点で既に通勤通学途中の人たちの姿があったりしたのですぐに離れた。

桜舞う道を友人と歩く……もしこの道を亜利沙と藍那が歩いているのを見たら、それは是非とも写真に収めたいほど美しい光景なんだろうなと人知れず思っていると、ちょうど目の前を彼女たちが歩いていた。

「おい見ろよ」

「……めっちゃ綺麗《きれい》じゃね？」

「…………」

友達と歩いている亜利沙と藍那……二人は俺たちに気付かずそのまま学校への道を歩いていく。

「今年こそ……今年こそ彼女とか出来ねえかな⁉　あの姉妹みたいな美人の彼女が欲しい！」

颯太が今年こそはと強く言ったので、俺はついこう聞いてしまった。

「仮に彼女が出来たとして何をするんだ？」

単純に気になったんだ。

颯太の場合……まあ魁人も気になるんだけど、実際に恋人が出来た場合どんな風にして過ごすのかなって。

颯太は俺の問いかけにポカンとした様子を見せ、腕を組みながら考えている。

「…………」

そうしてしばらく黙り込んだ後、颯太はガッカリしたようにため息を吐《つ》く。

そのまま絶望に染まり切った目になると、彼は力なく口を開いた。

「俺……彼女が出来てもやりたいと思えることがねえよ……俺、オタクだから彼女が出来ても上手《うま》くやれる自信がねえよ……っ」

「お、おい泣くな颯太！」

「そうだって！　そういうのを全部受け止めてくれる彼女が出来るって！」

魁人と共に颯太を慰める。

日頃から彼女が欲しいと願望を口にする颯太でも、現実的に考えるとこんな風にガッカリしてしまうようだ……ただ、そんな颯太を見て魁人も色々と考えてしまったらしい。

「……俺も一緒だって。今まで彼女なんか居たことないし、昔の俺は喧嘩《けんか》ばかりのガキだったんだ……取り柄なんてなんもねえよ……っ！」

「お前もかよ！　新学期早々に微妙な空気を作るんじゃない!!」

全然ツッコミが追い付かねえったらねえよ！

周りの生徒たちが何事かと視線を向けてきたため、俺はさっさと行くぞと言って二人のケツを叩《たた》き歩かせる。

「いや悪いな。現実を直視した結果なんだよこれは……はぁ」

「そうそう、現実を考えた結果だな……はぁ」

「…………」

もう面倒だから何も言わないしツッコまないでおこう……俺が疲れるだけだ。

ちなみに前を歩いていた亜利沙と藍那も今の騒ぎで俺に気付いたらしく、友人と仲良さそうにしている俺を見て笑っていた。

「ほら、お前らのせいで色んな人に注目されてるだろ」

「おぉ……新条姉妹にも気付かれてたのか」

「……ま～じで笑っても綺麗だよなぁ」

そりゃそうだろ、なんたって俺の最高の彼女たちなんだから。

って言えたらこういう場合かっこいいのかな？　でもこの言い方だと俺が凄《すご》いんじゃなくて彼女たちが凄いわけだから別にかっこよくもないな……。

その後、俺たちは程なくして学校に着いた。

まず俺たちが向かうのは下駄箱《げたばこ》を過ぎた先にある掲示板。そこにはクラス分けを記した紙が貼ってある。

「……あ」

「よっしゃ！　また一緒だな！」

「一年間よろしく頼むぜぇ！」

颯太と魁人が言ったように、再び俺たちは同じクラスになった。

そして重要なのがもう一つあって……それは亜利沙とは同じクラスだったけど藍那とはまた違うクラスだったことだ。

「やったわ！」

「……良いなぁ姉さん」

クラス分けを見て喜ぶ亜利沙を藍那が羨ましそうに見つめている。

亜利沙があそこまで喜んでいる理由を知っているのは藍那だけで、他の友人たちはどうしてあんなに喜んでいるのか分かっていない様子だ。

（あれってたぶん……俺と同じクラスになったことを喜んでくれてるんだろうな）

なんてことを考えてしまうのは自意識過剰だろうか……？

おそらくそうなのであろうと分かるので嬉《うれ》しい半面、藍那とは違うクラスになってしまったことは残念だった……これはしばらく、嬉しがる亜利沙と残念がる藍那の両方を相手することになりそうだ。

「しかし、また一緒のクラスとはな！」

「へへっ！　気兼ねなく過ごせるしやったぜ！」

クラス分けを見て颯太と魁人のテンションも爆上がりだ。

ただ、こんな風に喜ぶ生徒は他にも大勢居た——俺のすぐ後ろや隣では、亜利沙たちとそれぞれ一緒のクラスになれたことを喜ぶ男子の姿があった。

「取《と》り敢《あ》えず教室に行こうぜ」

二人にそう促し、これから一年過ごすことになる教室へと向かった。

既に半数以上の生徒が教室におり、中には去年同じクラスだった生徒も居るし、もちろんそうでない生徒も居てちょっとだけワクワクする光景だ。

黒板に貼られている席順を確認し、俺は一旦二人から離れて荷物を手に席へと向かった。

「……ふぅ」

改めて教室を眺めてみる。

さっきも言ったが教室の中に居る生徒はまだ半数ほど……彼らがこれから一年間共に学ぶ仲間になるわけだ。

「今年は片方とはいえ新条さんと同じクラスになれて良かったわ！」

「そうだな！　付き合えるとかそんな大それたことは思わないけど……ちょっとでも仲良くなれたら良いよな！」

「そこは付き合いたいって言わないのかよ」

「付き合えるわけねえだろ！　つうか……あのレベルと付き合えるのってどんなイケメンだって話だし、陽キャ連中に目を付けられるだろ絶対」

「……確かにな」

なんて会話が、近くに集まっている男子たちの中でされている。

もちろん亜利沙と藍那以外にも話題に上る女の子は居るのだが、やはり注目されているのは彼女たちのようだ。

「よぉ堂本《どうもと》。今年もよろしくな」

「あぁ。よろしく」

近くの席から声を掛けてきたのは去年も同じクラスだった男子だ。

そこまで絡みはなかったものの、やはりこうして挨拶をしてもらえるだけでも嬉しいものだ。

颯太と魁人もそれぞれ近くの男子と雑談をして早くも馴染《なじ》んでいるようで少し安心する。

（……って、俺はあいつらの保護者かよ）

二人を初めて見た時はまあ……ほっとけなかったもんなぁ。

去年のことを思い返していると、トントンと隣の男子……先ほど俺に挨拶をしてくれた入江《いりえ》君が肩を叩いてきた。

「なあ堂本」

「なに？」

「……堂本は……剣道とか興味ない？」

剣道……その言葉に俺は分かりやすく顔色を変えたと思う。

でもいきなりどうして剣道なんだ？

「実はちょっと剣道に興味があってさぁ……ほら、一応うちの学校って剣道部はあるけど人数が少ないだろ？　同好会みたいなもんだけどちょっと気になってるんだ」

「へぇ？」

「部員は三人しか居ないみたいで……まあ活動しているか分からないようなもんだけど、なんつうかちょっとかっこいいなぁって思ってるんだわ」

「ふ〜ん」

「その様子だと興味なさそうだな……」

「全くないわけじゃないけど、部活に入る気がなくてさ」

「そっか……そりゃ残念だ」

入江君は分かりやすく残念そうにしていた。

剣道――中学校の頃にやってたし全国大会に出た経験もある……でも、結局家庭の事情も合わさって高校では部活動をするつもりはなかった。

今となっては新条家のみんなのおかげもあって心の余裕なんかは当たり前にあるけれど、それでも部活動はまあ……やらなくてもいいかなって感じだ。

「お……」

そうこうしているとついに亜利沙が教室に入ってきた。

教室中の視線が彼女に集まり、中には声を出してまで喜んでいる男子も居てとにかく彼女の人気の高さが窺《うかが》える。

席順を確認して亜利沙がチラッと俺を見て歩いてくるのだが、何を隠そう入江君と反対側の隣の席が亜利沙の席なんだ。

「ここが私の席ね……はや――」

「亜利沙～！」

「今年も同じクラスね！」

亜利沙が席に着いた瞬間、彼女の友人と思われる女子たちが一斉に集まってきた。

亜利沙は楽しそうに彼女たちと話をしながらも、時折俺に視線を向けていた。

（……去年は別クラスだったけど今年は同じ……圧倒的に近くなったなぁ）

新条と堂本……意外と離れているようで離れていない。

というか運良く隣になれた俺に対して気に入らないというような視線を投げかける男子に俺は、こんなことで睨《にら》んでくるなよと非常に文句を言いたい。

（……でも……本当に俺たちは付き合ってるんだよな。しかも二人同時に……クラス中だけでなく学校中の生徒が気になる美人姉妹とさ）

このことに僅かな優越感を抱いてしまうのは仕方ないが、かといって調子に乗り口を滑らせるようなこともない。それだけ彼女たちとの関係性を守りたいし、何より亜利沙と藍那を悲しませたくないというのが根底にあるからだ。

「それじゃあ亜利沙、私たちは戻るね」

「ええ。また後で」

俺が一人考え事をしている間に彼女たちの話は終わったらしく、友人たちはヒラヒラと手を振るようにして自分の席に戻っていった。

別のクラスになってしまった藍那が気になるのはもちろんだけど、こうして明確に距離が近い亜利沙のことはもっと気になってしまう。

「……はぁ、近いからこそだよな」

小さい声でそう呟《つぶや》いた時だった――亜利沙から声を掛けられた。

「堂本君」

優しい声色で呼ばれ、俺はドキッとしながらも視線を向けた。

周りから集まる視線を一切気にすることなく、亜利沙はただただ俺を真《ま》っ直《す》ぐに見つめながら言葉を続けた。

「お隣さんだし、これから是非よろしくしてくれると嬉しいわ」

ニコッと微笑《ほほえ》みながらそう言う亜利沙の表情は家で見るのと同じものだった。

俺たちの関係性は決して漏らすことは出来ない……でも、こうして席が近くなったからこそ教室で仲良くしてもおかしくはないんだ。

「あぁ。よろしくあり……コホン、新条さん」

「……ふふっ♪」

うっかり名前を言いそうになった俺を見て亜利沙は笑った。

口元に手を当てて笑いを我慢するその姿はやっぱり可愛《かわい》くて、こんな姿を見せられたらついついいつもの調子で声を掛けてしまいそうになる。

けれど、近くに誰かが居るわけでもないので俺は亜利沙に聞こえるぐらいの声で、

「よろしくな亜利沙」

そんな俺の声に亜利沙はうんと頷いてくれるのだった。

「ええ。よろしくね隼人君」

名前を呼ぶなんてプライベートだと当たり前なのに、学校で呼ぶと頬《ほお》が緩んでしまう。

今の呼び合いは小さい声だったからこそ俺たちの間でのみ交わされた秘密のやり取り……今も尚《なお》、亜利沙に目を向ける男子に対し、俺は僅かな優越感を抱く。

「こうしてお隣になったのだから仲良くしたいのよ。あ、たぶん妹もしょっちゅう来ることになると思うからその時もよろしくお願いするわ」

「あ～……うん分かった」

「ありがとう♪」

確かに亜利沙が居るなら藍那もこの教室に来るのはおかしなことじゃないはずだ。

その度に学校でも二人との接点が生まれ、新しい日々を満喫出来る……うん全然悪くない、むしろワクワクするくらいだ。

そんな風に亜利沙と当たり障りなく言葉を交わしていると、担任の先生がやってきて朝礼が始まった。

進級して一日目ということで、少しばかり長い朝礼だ。

明日の入学式に関することだったり簡単なクラスでの決め事なんかの話だったり、これぞ新しい日々の幕開けだなと思える。

「……？」

先生の話を聞く中、隣からチラチラと視線を感じた。

俺の席……つまりは隣の亜利沙もそうだけど一番後ろの席なので、先生からの視線が最も届きづらい席でもある。

だからこそ、俺が亜利沙に声を掛けても気付かれにくいわけだ。

「……どうした？」

小さい声で問いかけると、亜利沙は文字を書いてノートの端を俺に見せた。

『お昼からはどうするの？』

それを見た時、俺の中に雷が走った。

だって……だってこれはいわゆる筆談というやつじゃないか⁉　直接言葉を交わせないこの状況だからこそ意思疎通を図るための手段……しかもそれを恋人とやっていることに俺はどこか感動したんだ。

『昼から友人と遊ぶことにしてる。ごめん亜利沙』

すぐに返したこの文章を見た亜利沙は見るからにガッカリしたものの、すぐに切り替えるようにうんと頷《うなず》いた。

（……そういう顔を見ちまうとこっちを優先したくなるなぁ……でも、最初に約束したことを反故《ほご》にするのは流石《さすが》にしたくないんだ）

今日は新条家で夕飯をご馳走《ちそう》になる約束なので、そっちに行ってから帰るまで思いっきりイチャイチャしようと文字で伝えると、亜利沙はぱあっと笑顔を浮かべてくれた。

(イチャイチャは流石にどうかと思ったけど、こんな風に喜んでくれる彼女が居るんだから俺って果報者だよ)

でもこの約束ってこの場に居ない藍那ともしたようなものだ。

というか藍那のことだから絶対にクラスが違ったことも含めて、それを取り返すように甘えてくることが容易に想像でき、それすらも俺にとっては楽しみだった。

今日は授業がないが休憩時間は当然ある——つまり、藍那がその時にこちらにやってくるのも必然だった。

「姉さ〜ん」

「あら、藍那?」

教室に入った瞬間、男子の視線を釘付《くぎづ》けにする藍那は流石だった。

彼女はそのまま亜利沙のもとまでやってきたのだが、こうして二人が並ぶとやっぱり俺でさえも視線を向けずにはいられない。

「……むぅ」

ただ……目が合った藍那は俺に対し不満げな表情を浮かべる。

その表情の原因がクラス分けにあることはすぐに分かったけど、俺にそんな顔を向けられてもどうしようもないわけで……。

「藍那、やめなさい」

「……は～い」

しっかりと亜利沙に窘《たしな》められる藍那だった。

こうして二人が揃《そろ》ったことで、彼女たちの共通の友人が集まってくる。

「あ～りさ！」

「あ～いな！」

二人とよく一緒に居る友人たちが近付いてきたかと思ったら、他にも集まって一気に女子の溜《た》まり場《ば》と化してしまった。

「よいしょっと」

そんな中、一人の派手な女子が俺の机に座った。

流石にマナーが悪いというか、人が居るのにそれはどうなんだと思わないでもなかったが、そんな女子に対し亜利沙が苦言を呈した。

「それ、行儀が悪いからやめたらどうかしら？」

「あ……ごめんつい」

亜利沙に注意され、その子はすぐに退《ど》いてくれた。

嫌な顔をされるかと思ったけれど、その子はそんな表情を浮かべることなく本当にごめんと手まで合わせたので、俺は全然大丈夫だからと笑った。

「えっと……ありがとう新条さん」

注意してくれたことへのお礼を言った後、暇を持て余していそうな颯太のもとに向かおうとしたその時――藍那が俺を引き留めた。

「ちょっと待ってよ堂本君」

「ひゃい⁉」

気を抜いていたところに藍那が急に呼んだせいだ……思いっきり声が裏返った。

今更、今のダサい返事を誤魔化《ごまか》すことは出来ないので、諦めるように藍那を見つめ返すと彼女は俺を揶揄《からか》うような表情で言葉を続けた。

「前に話した時とか思ったんだけどさぁ。あたしと姉さんは両方新条じゃん？　それなら亜利沙とか藍那って名前で呼んでくれた方が分かりやすくて良くない？」

「…………」

断言しよう――藍那の奴《やつ》、絶対にこの状況を面白がっていやがる！

亜利沙はジト目を藍那に向けているが、藍那は一切気にした様子もなく俺だけを見つめている。

……良いだろう、なら俺はその挑戦に全力で応えるまでだ！

「分かったよ新条さん！」

「この流れでそうなの⁉」

藍那の意表を突かれたような姿に俺は満足したのだった。

俺たちのやり取りを眺めていた亜利沙を含め、彼女らの友人たちも楽しそうに笑っていたので俺の対応は間違っていなかったらしい……まあ、男子たちからは痛いほどの鋭い視線をもらっちゃってるけど。

「……手強《てごわ》いね堂本君」

「今回は藍那の負けね。というかもうすぐチャイムが鳴るわよ、戻りなさい」

「……は〜い」

渋々返事をして戻っていったぞ……。

藍那という嵐が過ぎ去ったことに安心し、俺は颯太のもとに行こうとしていたことも忘れてそのまま席に座った。

そんな俺を見て亜利沙がそっと口を開く。

「ごめんなさいね。あの子、とても寂しいのよ」

「……分かってるよ」

本当に……こうなるくらいなら三人ともクラスが一緒だったら良かったのにと改めて思うのだった。

それから時間はあっという間に過ぎていき十一時半――二年生初日が終わりそれぞれが帰り支度をするなか、すぐに藍那が教室にやってきた。

藍那は亜利沙を通じて俺が夕方まで家に来ないことを知り、休み時間の時のように頬を膨らませ明らかに私不満ですという表情を隠さない。

「藍那」

「分かってるよぉ……帰ったら思いっきりイチャイチャしてやるぅ！」

言われていることは嬉《うれ》しいはずなのに、ちょっと怖くて身震いする。

彼女たちに遊びに行こうと女子たちから誘いが掛かるが、今日は姉妹でのんびり家で過ごすと断っていた……しかし。

「ここはやっぱりみんなでカラオケとか行って親睦を深めようぜ。女子のみんなも一緒に行くよな？」

そんな言葉が一人の男子から飛び出した。

ただ彼が誘う男子は傍に居る仲良し面子《メンツ》ばかりらしく、彼が口にしたみんなというのは決してクラス全員を指しているわけではないみたいだ。

「行くか隼人」

「おう」

「腹減ったからまずは飯だな！」

三人で教室を出ようとすると、ちょうど亜利沙と藍那も一緒だった。

颯太と魁人が先に二人を行かせようと立ち止まったので、俺もそれにならって足を止める。

「ふふっ、さようなら」

「また明日ねぇ！」

軽く頭を下げた亜利沙、手をヒラヒラと振る藍那。

そんな二人に両隣の男共が思いっきり緊張しながら返事をした直後だ――さっきカラオケに行かないかと言っていた男子が彼女たちに声を掛けたのは。

「お、おいちょっと待ってくれよ。新条さんたちも一緒にカラオケ行こうぜ？　みんなで喋《しゃべ》りながらご飯とかも食べられるしさ」

そんな彼を見て颯太がボソッと「陽キャがよ」と恨めしそうに呟《つぶや》く。

誘われた二人はチラッと視線を寄こしたがそれだけで、全く興味なさそうな様子で首を横に振った。

「ごめんなさい。基本的に私たちはあまり異性とお出掛けしないので」

「そうだねぇ。ま、あたしたちは諦めて他の子たちを誘ったらどうかなぁ？　それにあたしに関してはクラス違うしねぇ」

「そんなこと言わずにさ……というか藍那さんなら別クラスでも大歓迎だよ。ほらみんなでパァッと楽しもうぜ！」

これは付き合いが深いからとかそういう理由は抜きにしても、一度断られたのにまた誘うというのは少々しつこい。

そんなやり取りだけならまだしも彼が二人に手を伸ばそうとした瞬間、俺はその腕を掴《つか》んだ。

「一度断られてるだろ？」

「はぁ？　邪魔すんじゃゃ――」

「二人とも今日は姉妹でのんびりしたいってさ。それなのにしつこく誘うのか？」

「……それは」

最初は俺を睨《にら》んでいた彼も勢いをなくした。

二人は美人姉妹と呼ばれるほどだ。こうして誘われたりするのを何回も見てきたけど、こんな風にしつこいと流石に止めざるを得ない。

公には出来ないが彼氏として当然ではあるものの、そこには俺の女に手を出すなという独占欲も多分にある……そりゃあるでしょうよもちろん。

「俺たちはもう行くけど、途中まで一緒に行く？」

「隼人？」

「普通に誘うじゃん、すげえなお前……」

……あ、いつもの感覚で普通に誘ってたな。

亜利沙と藍那は俺の提案にすぐ頷《うなず》き、誘ってきた男子など最初から居なかったかのように歩き出した。

「……ちっ」

その彼はというと、諦めはしたが舌打ちをして戻っていった。

女子の前で分かりやすく舌打ちをするのはどうなんだと思わないでもないが、ああいうのを見ると俺は絶対に彼女たちの前で舌打ちなんかしないと強く思う。

（……俺、二人に怒ったりすることないもんなぁ……舌打ちなんてたぶん一生しないんじゃないか？）

なんてことを考えつつ、五人で下駄箱《げたばこ》まで向かった。

颯太と魁人がガチガチに緊張する中、俺はというとやっぱり彼女たちと接することに遠慮はなかった。

もちろん関係性を匂わせるような発言はしないように心掛けたものの、ちょいちょい藍那がボディタッチをしそうになり、それをハッとするように手を引っ込めているのがあまりにも可愛《かわい》かった。

「それじゃあ三人とも、ここでお別れね」

「またね〜！」

仲良く並んで去っていく二人に手を振り、俺たちも歩き出した。

「なあ隼人」

「うん？」

「前も新条妹を助けたことあったけど……」

「うん」

「あんな風に守ろうとして自然に動けるの……素直にかっこいいわ」

「……そうか？」

颯太にいきなりかっこいいと言われて驚いたけれど、どうやら同じことを魁人も思ったらしく、腕を組みながらうんうんと頷きながら口を開いた。

「いや、隼人がつええ男ってのは知ってたけどマジで最近からだよなぁ。女子に気に入られようとする感じじゃなくて、そうするのが当たり前っていう風に見えるんだ」

「おい、むず痒《がゆ》くなるから冷静に分析をするな」

むず痒くなるというか恥ずかしいんだよ！

それから俺たちはファミレスで昼食を済ませた後、ボウリングとカラオケに行って普段と特に変わらないが楽しい時間を過ごせたのは確かだった。

夕方まで遊び歩いたその別れ際——俺たちは向かい合っていた。

「それじゃあ二年生もよろしく頼む！」

「おうよ！」

「今年も楽しもうぜ！」

まるで青春漫画の一ページを実写で再現するかの如く、俺たちはそんなやり取りをしてから別れるのだった。

▼▽

「お姉ちゃんは良いなぁ……良いなぁ!!」

「もう……うるさいわよ藍那」

既に時刻は夕方、そろそろ隼人君がやってくる時間。

母さんも帰ってくるだろうし夕飯とかお風呂の準備とか、色々なことに取り掛からないといけないのに藍那がずっと背後から私に抱き着いている。

まったく困ったものね……。

「そんなに羨ましいの？」

「羨ましいに決まってるよ！　あたしとクラス替わって！」

「嫌よ」

「……むぅ！」

そんな膨れっ面をしてもクラスの交換は出来ないわよ？　まあ、大袈裟《おおげさ》だけれどどんなに大金を積まれたとしても替わる気なんてない。

大好きな人の隣になること……それは去年から願っていたことだもの。

「こればかりは仕方ないでしょ？　むしろ隼人君の隣が別の女の子じゃなくて私なだけ良かったでしょ？」

「それはそうだけど……はぁ、まあ隣が姉さんなだけマシかもね」

でも……もし同じクラスになれたとしても、隼人君の隣が別の女の子だったら嫉妬したかもしれないから本当に隣で良かったわ！

「それにしても……二年生初日から隼人君には助けられたわね？」

「あぁうん……あれ、しつこいってあいつは思わないのかなぁ？」

「思わないからしつこいのでしょう。そもそもこれからのことを考えれば別におかしな提案でもないし」

「それはそうだけど……ほら、体育祭とか学園祭の後の大人数でやる打ち上げならまだ分かるんだけど、男子たちが集めた気の合う連中の中に交ざるのはやっぱり嫌」

その考えには私も賛成だ。

クラスメイトとの付き合いは大事にしたいと考えている……ただ、気の進まない空間に我慢してまで付き合うつもりはないし、こればかりは今後も変えるつもりは絶対にない考えだ。

「でもあんな風にしつこい男子はともかく、女子に関してはあたしのクラスにも去年の知り合いが居たりして良かったかなぁ♪」

「そうね。今日初めて話した子たちも居たけれどみんな良い人そうで安心したわ」

「うんうん♪」

私だけでなく藍那も友人関係について心配する必要はなさそうで本当に安心している。

さて……そろそろ良いかしら藍那？

「藍那、そろそろ離れなさい」

「えぇ～もう少しこうしていようよ～」

「我儘《わがまま》言わないの」

「我儘じゃないもん！　大好きなお姉ちゃんに甘えたい妹心なのだぁ!!」

「きゃんっ!?」

背後から抱きしめられているだけならまだしも、いきなり胸を強く揉《も》まれて変な声が出てしまった。

「っ……」

「姉さん？」

胸を揉まれた……藍那の場合はただのスキンシップであることは分かっている。

けれどこうされてしまうと思い出すことが一つだけある――それは以前、隼人君が自分から私たちの胸を揉んでくれた時のことだ。

一瞬の出来事だったけれど、あの時の甘く痺《しび》れるような感覚は忘れられない。

大好きな人に体を触れられる……しかも性的な部分ともなると私の中の女が喜んでしまう……私の中の隼人君に対する隷属の心がご主人様である彼に、身も心ももらってほしいと叫んでしまう。

（それは私の望んでいること……でも……でも、こんなにも体がいやらしく反応してしまうのは私がエッチな女の子だから？）

そう考えていた時、また藍那が強く胸を揉んできた。

また訪れた突然の刺激に私はハッと我に返り、流石《さすが》にもうやめなさいという気持ちと妹に負けたくないという意地が合わさり、私は完全に油断していた藍那を振り払い逆に押し倒した。

「きゃっ⁉」

可愛い悲鳴を上げた藍那は私を睨んだりせず、挑戦的な表情で見つめてきた。

「やるねぇ姉さん」

「油断したあなたが悪いわ――さて、どう料理してやろうかしら？」

「姉さんめっちゃ悪い顔してる！」

「あなたが悪いのよ……あなたがね！」

「漫画の台詞《せりふ》？」

知らないわよ、私はあまり漫画やアニメを見ないから。

私はそのままグッと藍那に顔を近づけるように上体を倒す……これではまるで私が藍那を押し倒しているような構図だけれど、久しぶりに訪れたマウントを取れるこの状況に心が躍ってるわ！

「姉さん悪い顔してるってぇ！」

「偶《たま》には私だってこんな顔をするわ。でも懐かしくない？　昔はこんな風に喧嘩《けんか》までは行かないけれど、プライドを掛けた姉妹バトルをしていたでしょう？」

「その度に姉さんは負けてたけどね！」

「黙りなさい！」

これは姉としての威厳を妹に見せる時ね。

私は基本的に誰かを見下すような真似《まね》はしないし、見下ろすようなこともあまりしないので、こうして自分が優位なポジションを取るのは新鮮な気分だった。

「さあどうしてくれようかしらねぇ」

「あ〜れ〜姉さんにあんなことやこんなことされちゃう〜」

全く追い詰められた様子を見せることなく、藍那はそう言って逆に私を煽《あお》るような口調で……違うでしょ、そうじゃないわよね!?　今は私があなたを追い詰めているのだからそんなに楽しそうにしないの!!

煽られてしまったからか、私は先ほどの藍那にされたのと同じことをした——私と同じくらいに大きく成長したその胸に手を押し当てたのである。

でも……その瞬間に悲劇が起きてしまった。

「二人の話し声はしたんですけど……」

「変ですねぇ……亜利沙？　藍那も帰ってますよね？」

ガチャッと音を立ててリビングの扉が開いた。

藍那を押し倒し胸を触っている私と、押し倒され無抵抗に胸を揉まれる藍那……私たちの姿を隼人君と母さんはバッチリ目撃し、ポカンとした様子で目を丸くした。

「……咲奈さん。何かお手伝い要りますか？」

「では、人参《にんじん》などの皮を剝《む》いていただけますか？」

「ちょっとは反応して！」

「そうだよ！　逆に居た堪《たま》れないよ！」

悪いのは自分ではあったけれど、流石にノーリアクションは辛《つら》いわ……。

その後、どうしてこのような状況になったのかを説明すると隼人君と母さんはなるほどと言って笑っていた。

「でも珍しい光景を見られて新鮮だったよ。亜利沙もあんな風に藍那にするんだなってさ」

「私も懐かしい気分になったわ。小さい頃の二人はあんな感じだったもの」

隼人君と母さんが物凄《ものすご》く微笑《ほほえ》ましそうに私たちを見つめているせいで、私と藍那は恥ずかしさからスッと視線を逸《そ》らしてしまう。

確かに懐かしい気持ちになったし、姉としての威厳を藍那に示さないといけないって使命感に駆られたのも確かだけれど、隼人君たちが帰ってきたことに気付かなかったのは不覚だったと私は反省した。

「……お風呂の準備してくるわ」

私は気分を落ち着かせるため、そう言ってリビングを出た。

服の裾が濡《ぬ》れたりしないようにしっかりと捲《まく》り上げ、みんなが気持ち良く使えるように掃除をしようとしたその時だ。

「手伝うよ」

「隼人君？」

サッと現れた隼人君は掃除を始めた。

突然のことに驚いたけれど、彼と二人っきりの空間が嬉《うれ》しかった。

そして、時間は流れて夕食後。

学校で隼人君とした約束——イチャイチャしようという約束を実行するべく寄り添っていた。

「隼人君♪」

「えへへ、やっぱりこれだよねぇ♪」

もちろん私が寄り添っていたら藍那が飛び込んでくるのも当然で、隼人君は私たち姉妹に腕を取られて一切動くことが出来なかった……でも良いわよね？　隼人君は嫌そうじゃないし、むしろ嬉しそうにしているようだし。

「亜利沙はクラスが一緒で藍那は別なんですね。藍那のことを考えれば残念だって思いますけど流石に仕方ないですよね」

「あはは……確かに藍那も一緒ならって思いました。亜利沙だけでも幸せなことに変わりはないんですが、藍那も一緒だったらもっと最高の日々だったと思いますし」

隼人君と母さんが楽しそうに話をしているけれど、隼人君の言葉は全部私を嬉しくさせてくれる。

あなたと同じ……私だってずっとそう思っていた。

隼人君と同じクラスになりたい、それこそ隣に座っていつだってあなたのことを感じながら過ごしていたい……そんな気になる異性が初めて出来た幼い子供のように、私はずっとそう思い続けていたのだから。

「あたしも同じクラスが良かったぁ……」

「諦めなさい藍那」

「あ〜！　ドヤ顔してる!!」

ふふんと得意げにする私を藍那が悔しそうに見つめている。

そんな私たちを隼人君と母さんは困ったように、でも微笑ましそうに見つめてくる……

あぁ、本当にこの空間が私は好きだわ。

「いいもんいいもん！　その分こうやってイチャイチャするし！」

ギュッと藍那が隼人君にもっと強く抱き着いたので、私も負けじと体全体を押し付けるように強く抱き着いた。

今でもまだ隼人君は私たちがこうすると照れてしまうけれど……ふふっ、本当に可愛《かわい》いんだから。

「咲奈さん」

「なんですか？」

藍那と二人で隼人君の体温をジッと感じていた時だった。

真剣な声音で隼人君が話し始めたことで、私と藍那は彼に引っ付いたままだけれど少しだけ姿勢を正す。

「二年生になって新しい日々が始まります——俺、亜利沙と藍那の恋人として何があっても二人を守ります。もちろん二人ともとても優しくて、一方的に守るなんてことにはならないでしょうけど……だからこそ、協力して楽しく幸せな日々を送りたいと思います」

……隼人君……気付いてるかしら？

あなたのその言葉を聞いて私と藍那が熱い眼差《まなざ》しを向けていることを……こんなの嬉しくなるに決まってるわ……嬉しすぎてニヤニヤしちゃうもの。

「……？」

しかし、そこで私は隼人君の真剣な様子に顔を赤くする母さんを見た。

母さんは私と視線が合うとコホンと誤魔化《ごまか》すように咳払《せきばら》いをしたけれど、隼人君はそんな母さんに追撃を仕掛けた。

「あ、もちろんプライベートでは咲奈さんも一緒ですよ？　亜利沙と藍那、二人と幸せに過ごすその中に咲奈さんも居てほしいです――咲奈さんも笑顔なら、俺はもっと嬉しくなりますから！」

そう言った隼人君の表情は眩《まぶ》しいほどの笑顔だった……そんな笑顔を真正面から見た母さんはというと……。

「は、はい……はい！」

明らかにときめいている笑顔で母さんは返事をしていた。

「ねえ姉さん」

「なに？」

「隼人君はやっぱり危険だよ、ある意味」

「そうね。私たちの血筋に対しては特効クラスだわ」

「何を言ってるんだよ……」

隼人君は自覚するべき。

私と藍那を含め、母さんにさえも特効的な魅力を備えていることを。

「って、そろそろ時間がヤバいな」

「あ……」

「……そっか」

時計を見た隼人君の言葉に、私と藍那は分かりやすく肩を落とす。

今日はお泊まりの日じゃないから仕方ないし、翌日にすぐ会えるとはいえ別れの時はやっぱり寂しいのよ。

「実はずっと我慢してたんだけど……お手洗い行ってくる」

「いってらっしゃい」

どうやら隼人君に引っ付いている間、離れる時間が勿体《もったい》ないとでも思ったのか藍那はずっとお手洗いを我慢していたらしい。

すぐに戻るからと居なくなった後、私は隼人君に話しかけた。

「……ねえ隼人君」

「うん？」

「さっきの……凄くかっこよかったわ」

「……そうか？　後になってちょっとクサすぎたかなって思ったけど」

「そんなことないわよ。私も藍那も、母さんだって嬉しそうにしてたでしょ？」

そもそも、どんなことだって隼人君から言われたら嬉しいけれどね。

そうかなと苦笑する隼人君の胸元に頰《ほお》をくっ付けるように抱き着く……すると隼人君は私の背中に腕を回すように抱きしめてくれた。

「隼人君――これから一年、またよろしくね？」

「もちろんだ。こちらこそよろしく亜利沙」

今までの私は新しい生活に対する期待感と、ジッといやらしい視線にまた晒《さら》されるのかとうんざりすることもあったけど、今年は全然違う。

学校でも隼人君が傍に居ること……一緒のクラスになれただけでなく、隣の席になれた奇跡に私は心から感謝している。

「隼人君、好き」

今年は今まで以上にきっと楽しくなる……そんな確信があった。

だから隼人君――これから、お隣さんとしてよろしくお願いね？

二、門出の季節にカボチャはいかが？

入学式、俺たち在校生の視線の先には新入生たちが並んでいる。

去年は俺もあっちに居たわけだけど、新生活に対する期待もそうだが新しい人間関係の中で仲良く出来るのか不安も結構あった。

「……ふわぁ」

さて、そんな風に感慨に浸っていると入学式の合間だが欠伸《あくび》をしてしまい口元に手を当てる。

幸い俺以外にも眠たそうにしているクラスメイトは多く、何なら口元を隠さずに大欠伸をしている奴《やつ》も居るくらいだ。

「これからみなさんは、この学校で共に切磋《せっさ》琢磨《たくま》する仲間になります。みなさんの学校生活を先生ももちろん先輩方もサポートをしてくれるはずです」

新入生に対するありがたい校長のお言葉に耳を傾けながら、それとなく周りを眺めていると亜利沙《ありさ》の姿が目に入る。

彼女は俺と違って欠伸なんてすることなく、姿勢良く真《ま》っ直《す》ぐに前を見ていた。

座っているだけで様になるのは流石《さすが》だなと思いつつ、亜利沙を見たなら藍那《あいな》の方は見つけられるだろうかと視線を巡らせた。

「……あ、居た」

流石に別クラスなので俺と藍那の位置は離れているが、それでもずっと見ている彼女だからこそすぐに見つかった。

角度的には斜め前の離れた席で、茶髪のボブカットが分かりやすいというのもあるけれど、それ以上に腕の位置より突き出して見える大きな胸も藍那らしい特徴だったんだ。

（……胸で判別出来るって最低だな……最低だよな？）

亜利沙と藍那のスタイルの良さは飛び抜けており、他にもスタイルが良いとされる女子は居るがやっぱり彼女たち二人がぶっちぎりだと思っている。

もちろんスタイルの良さがドキドキする要因であり魅力の一つではあるけど、俺が二人に惹《ひ》かれた理由は他にもたくさんあって……それを誰かに話したら数時間では足りない。

「これより、新入生代表挨拶となります」

そんな声が聞こえ、俺は視線を前に戻した。

新入生代表は女の子で堂々とした様子だったが、表情はあまりにも硬くガチガチなのがすぐに分かった。

ただそれからの挨拶はスラスラと最後まで進み、俺を含め全ての在校生や先生からの温かい拍手が彼女に送られるのだった。

（う～ん、やっぱり良いなこういうのって）

新入生の姿が初々しく、そして微笑《ほほえ》ましく思えるのはちょっと爺臭《じじ》いか？

期待と不安が入り交じったような新入生の姿は一年前の自分を見ているようで、それがたぶんこんな気持ちに俺をさせたんだろう。

それから入学式は滞りなく終了し、新入生が退場したあと俺たちも教室に戻った。

「……ふぅ」

自分の席で一息吐《つ》く。

やっぱりこういう式というものはジッと座っていることが多く、意外と動かない方が体に疲れが溜《た》まってしまう。

「疲れたの？」

「あぁ……」

隣に座る亜利沙が察したように聞いてきたので頷《うなず》く。

なんというか、昨日も思ったけどやっぱり学校でこうして身近に亜利沙が居るというのは中々に新鮮だ。

会話に関しても親しさを感じさせない世間話程度……なので一部の亜利沙と話したそうな男子以外からは特に視線を感じなかった。

「ジッと座ってるのも疲れるよ」

「そうね。膝枕でもする？　そうすれば――」

亜利沙の口から膝枕という言葉が飛び出た瞬間、俺はついガタンと足を机にぶつけてしまった。

「……あ」

そんな俺を見て亜利沙もハッとするように口を押さえた。

幸いにも今の爆弾発言を聞いた人は居なかったようで安心したが、やっぱり去年とは違う距離感の近さに俺もそうだけど亜利沙も気を抜いてしまったらしい。

「堂本《どうもと》君は誰か気になる新入生とか居たの？」

急ではあったが、亜利沙なりの誤魔化しなのかそんな質問が飛んできた。

「気になる新入生ねぇ……特に居なかったかな。というか、気になる人ならすぐ間近に居るようなもんだし」

「っ……ふふ、そうなのね。ちなみにそれは誰なの？」

「言えないよ流石に。でもその人ならきっとすぐに分かるんじゃないかな」

「それはそうかもしれないわね。堂本君がそこまで言うんだもの……きっと分かっているわね」

このやり取り……始めたのは俺だけどあまりにも恥ずかしすぎて顔が熱い。

ちなみに亜利沙も若干顔が赤くなっており、俺と同じようにこのやり取りに対して恥ずかしさと嬉《うれ》しさを感じてくれているみたいだ。

（……やっぱり、藍那が居たらもっと楽しかったのかな？）

藍那も同じクラスだったらもっと賑《にぎ》やかで楽しいはずだったのは言うまでもないけど、流石に色々と誤魔化《ごまか》したりするのに骨が折れそうだし、意外と今の状態の方が悪くない気もしてきた。

まあこう言うと藍那は絶対に不満そうな顔をするんだろうけど……でも、クラスが違うことで寂しそうにしていた藍那のために、俺も出来るだけ彼女と一緒に過ごす時間を学校で増やせるように考えていた。

『あたしも姉さんみたいに学校で隼人《はやと》君とお話ししたいよぉ……』

なんてことを言われてしまったら何もしないわけにもいかないってもんだ。

藍那がこっちに来れば自《おの》ずと距離は近くなるものの、亜利沙と藍那が揃うことでいつも以上に注目を浴びてしまうし、やはり彼女らの友人が常に傍に居るので会話をするのもままならない。

「お～い隼人」

「うん？」

ふと、魁人《かいと》に肩を叩《たた》かれて顔を上げた。

亜利沙との話の途中で考え事に没頭してしまったらしく、こうして魁人が傍に来るまで気付かなかった。

「新入生で誰かかっこいい子とか居た？」

「う～ん、特に興味はそそられなかったかなぁ」

「亜利沙は？」

「私も特に興味はないわね」

亜利沙の方もいつの間にか友人らに囲まれていたので、俺は勝手に話を切り上げたことを申し訳なく思いつつ、魁人との話に集中した。

「颯太《そうた》は？」

「トイレじゃね？　ずっと我慢してたみたいだし」

ほう……それは間に合ってよかったなと後で揶揄《からか》ってやろう。

前の席に誰も居なかったので、魁人は遠慮なく座り俺に向き合った。

「気になる女子とか居たか？」

「いきなりなんだよ……」

その話、さっき亜利沙としたばかりなんだが……。

俺はため息を吐いて先ほど口にしたのと似たようなことを魁人に伝えた……だが魁人からすればつまらない回答だったらしく、分かりやすく落胆していた。

「聞いておいて落胆するな」

「いやぁすまんすまん。そこはあの子が良かった、とか言ってほしくてさぁ」

「仮に俺が誰か気になる子が居たとして、どうせお前のことだし『へぇ』で終わりだろ」

「まあな！」

軽めに肩を殴っておいた。

ちなみに亜利沙と同じ話を魁人が口走った瞬間、亜利沙の方から視線を感じた……あれは絶対に気のせいじゃないと思っている。

それから颯太が戻ってきたので、残りの時間は颯太の席の近くで過ごすことに。

「なあ隼人、それに魁人」

「うん？」

「なんだ？」

「気になる女子とか居たか？」

「……お前もかよ」

「そのネタはもう使ったぜ俺が」

「え!?」

颯太と魁人……お前らは立派に似た者同士だよ。

まあそんな二人と一緒に居る俺も同じなんだろうけど、確かにこの手の話題って状況が状況なら俺も二人に振りそうなもんだからなぁ……あ、じゃあ聞くか。

「俺は二人に聞かれたわけだけど、なら二人はどうなんだよ」

そう聞くと二人は顔を見合わせ、どこか微妙な顔つきで答えてくれた。

「いや……確かに可愛《かわい》い子だったり、綺麗《きれい》な子は居たんだけどさぁ……」

「あまりにもレベルの高い女子を傍で見てるから……失礼だけどそんなもんかって」

「……なるほど」

確かに失礼だわそれは。

でも彼ら二人の気持ちは何となく分かる……それは亜利沙や藍那の二人だけではなく、

全体的に俺たちの学年の女子のレベルが高いからだろう。

　もちろん女子だけでなく男子もイケメンが多いんだが……当然俺たちのことは除かれるだろうけどさ！

「あ、それより隼人」

「うん？」

　その時、颯太が俺を手招きしたので顔を近づけた。

　どうやらあまり周りに聞かれたくない内容みたいだが……なんだ？

「友達から聞いたんだけど」

「あぁ」

「……昨日、新条《しんじょう》さんたちにしつこく声を掛けてたあいつ居るだろ？　あの辺の男子たちが隼人のこと気にしてるらしくてな」

「それはモテモテって意味か？」

「そうだったら良かったな」

「……はぁ」

　その内容にため息が出る。

　十中八九あいつが亜利沙たちに気があるのは分かっていたし、どうにかこうにかして仲良くなりたいんだろうことも察した。

「席が近いことすら気に入らなそうだしな。面倒なことだよマジで」

「ちっちぇ野郎だぜ……何かあったら言えよ？」

「分かった。ありがとう」

魁人も同じらしく、頷いていた。

二人の気遣いに感謝をするのはもちろんだけど、俺はあっと声を上げてこう言った。

「最近そうやって俺ばっかり助けようとするけどさ、颯太と魁人も何かあったら言ってくれよ？　大切な親友の力になりたいのは俺も同じだって」

「……ははっ、分かってるよ」

「ったく、恥ずかしげもなくよく言えるな」

馬鹿野郎、お前らが俺に似たようなことやってんだよ。

内心でそう思ったが実際には口にしない……だってやっぱりクサい台詞《せりふ》を言ってしまったなと恥ずかしくなったから。

赤くなった顔を誤魔化《ごまか》すように席に戻ると、ちょうど先生が入ってきた。

入学式の日とはいえ、俺たち在校生は今日から通常通りの時間割なので新入生のように話だけをして帰れるようなこともない。

（……俺ってこんなキャラだったかなぁ）

先ほどのことを思い出し、大切な親友と面と向かって言うのは改めて恥ずかしいことである……そう思うと俺は羞恥心に襲われ、顔が赤くなって授業に集中出来なかった。

そして、時間は流れて待ちに待った昼休みだ。

「お昼一緒に食べようよ亜利沙」

「ごめんなさいね。実は妹と食べる約束をしてて――」

弁当を手に教室を出る直前、そんな会話を耳が拾う。

チラッと亜利沙を見た時に彼女の視線もまた俺と合わさり、俺は特に反応することなくそのまま教室を出た。

向かう先は屋上――そこが彼女たちとの待ち合わせ場所だ。

少しばかり錆《さ》び付《つ》いてしまった扉をギギギッと音を立てて開け……その瞬間にドンと胸に誰かが飛び込む。

「おっと」

「ば～ん！　いらっしゃい隼人君」

胸に飛び込んできたのは藍那。

教室だと亜利沙とは常に会えるので、その分どこかで藍那とも時間を作ろうとすれば基本的に昼休みなんかに限定されてしまうし、せっかく暖かくなって屋上も使えるんだから利用しない手はなかった。

「姉さんは？」

「すぐに来ると思うよ」

「そっか♪」

つまりさっきの亜利沙の妹と食べる約束というのもこれを意味しているわけだ。

藍那に手を引かれるようにベンチへと向かい、座った瞬間に彼女の豊満な胸元へ腕を引き寄せられる。

「ねえねえ」

「うん？」

「教室でもこんな風に姉さんとしてるの？」

「冗談だよね？」

「もちろん冗談だよ♪」

こんなことを亜利沙と教室でやってたら今頃俺の姿は学校にないよきっと。

「お待たせ……ふふっ、藍那ったらもう抱き着いちゃって」

少し遅れて亜利沙もやってきた。

以前に空き教室で集まっていた時と同じ、場所がこの屋上になっただけで一緒に弁当を食べるという目的は変わらない。

今日の弁当は咲奈《さきな》さんが作ってくれたものだけど、やっぱり美味《おい》しい以外の言葉が見つからないほど……マジで美味しい！

「これからまた隼人君が美味しそうにお弁当を食べてくれる日々なのね」

「えへへ、お母さんも言ってたけどあたしたちもやる気が出ますなぁ！」

彼女たちが作ってくれる弁当は、特別製なのではないかと感じさせてくれるほどに美味しく、手作りの卵焼きなんかは絶妙な味加減で本当に大好きだ。

「ご馳走《ちそう》様でした！」

これだけ美味しかったら平らげるのも早く、二人から喉に詰まらせないか心配されてしまった。

「それだけ美味しかったんだよ」

「それでもよ」

「うんうん。変なところに入ったら大変だよ？」

食べカスが気管に入り込んで咳《せ》き込《こ》むのもしんどいし、確かに早く食べすぎるのも考え物だ……でも、マジでそれだけ作ってもらった弁当が美味しいんだよなぁ。

彼女たちも弁当を食べ終えた段階で昼休みは後二十五分もあったので、藍那はギリギリまでここに居るんだと言って俺から離れなくなった。

「帰れば好きなだけ引っ付けるけれど、やっぱり学校では学校なりの良さというものがあるのですよ」

「そんなもんなのか？」

「そんなもんです！」

「その気持ちはよく分かるわ、藍那。ねえ隼人君、今は藍那の好きにさせてあげて？」

言われなくてもそのつもりだった。

藍那がこうしていたいのならさせてあげたいし、俺としてもこうされるのは嬉《うれ》しいことだから。

「……俺ら、二年生になったんだなぁ」

「そうねぇ」

「そうだねぇ」

少しばかりしみじみとした気分になる。

中学校の頃と特に何も代わり映えしないと思っていた高校一年の秋……それは彼女たちと出会ったことで大きな変化を齎《もたら》し、今の形になった。

「あのハロウィンの日から……ってごめん！」

思い出に浸るかのようにハロウィンという言葉を口にしてしまい、俺は失言をしたと思い焦って声を上げた。

あの日が俺と彼女たちを繫《つな》いだ日……でも彼女たちにとっては最悪な日でもある。

いくらボーッとしていたとはいえ、あの時のことを口走りそうになるとは……俺って最低だ。

「謝らないで隼人君」

「そうだよ。もうあれからどれだけ経《た》ってると思ってるの？」

「……えっと」

悪気がなかったとはいえ……でも、二人とも全然平気そうだった。

以前にもこんなやり取りがあったような気もするけれど……とにかく、あの時のことを思い出した様子でも二人から笑顔は絶えなかった。

「あの出来事を良いものとするつもりはないわ。でも、あのことがあったから隼人君と知り合うことが出来たの」

「もう少しで体を汚《けが》されていた……思い出すと今でも震えるよ？　でもね、あのことがあったから隼人君と知り合えたの！」

亜利沙と藍那はそう言い切った。

二人に圧倒されながらも俺は俺であの時のことを思い返す――新条家の前を通った時、不自然に開いた扉に違和感を持ったことから始まった。

あの時の違和感に従わなかったらどうなっていたか……想像したくないな。

「あの時の隼人君は本当にかっこよかったよねぇ」

「そうね。かっこいいカボチャ様のマスクに玩具《おもちゃ》のレーザーソードを持って……これぞ正義の味方って見た目だったもの」

「……そうかぁ？」

あんな正義の味方が居たら逆に怖いと思うんだけど……けれどやっぱり、あの時の俺のスタイルは二人にとってヒーローだったんだなぁ……改めて思い返しても微妙だわ。

首を傾《かし》げていた俺から藍那は離れ、ちょうど傍《そば》に置いてあった細い棒を手にしてビュンと音を立てるように振るう。

「あたしと姉さん、お母さんを襲おうとした強盗！　そんなゲスな輩《やから》を隼人君はこうやって千切っては投げ千切っては投げだったもんね！」

「投げてはないな」

「投げてはないわね」

俺と亜利沙の同時ツッコミを受けても藍那の素振りは止まらない。

美人姉妹と言われる片割れが、こんなにもチャンバラをするかの如く棒を振り回す光景は新鮮だが……しばらく眺めていようか。

「まったくこの子は……」

「ははっ、あんな風に棒を振り回す藍那を見てると……何だろうなぁ。昔の俺を思い出すな」

「昔の隼人君？」

「正義の味方に憧れて玩具の剣を振り回してた頃」

「あ〜なるほどね」

亜利沙が微笑《ほほえ》ましそうにジッと見つめてきた。

まあ正義の味方に憧れるっていうのは全男の子の夢だし、俺としては父さんが居なくなった後ということで母さんを守りたい気持ちが強かったからなぁ。

それからも二人と話し込み、昼休みが残り五分のところで解散になった。

「ほら藍那、先に戻るわよ」

「うぅ……分かったぁ」

まだ離れたくない、もっとこの時間を過ごしたい、そんなことを目で訴える藍那に苦笑し俺は彼女たちを見送る。

俺もすぐに戻らないといけないわけだが、後少しだけのんびりしよう。

「…………」

一人になった屋上で考えるのは二年生になったこと……すなわち、高校生活の中盤に差し掛かった。

一年生の時にはなかった関係性も新たに、多くの出来事が俺を待っているはずだ。

そして……そろそろ進路を考える時期がやってくるだろう。

「……はぁ、そう考えると気が重いな」

果たして俺たちの将来はどうなるのか……まあ時間はたっぷりある。

幸いにも相談出来る相手はたくさん居るし、力になってくれる人だって同じ……そう考えると特に不安はないなと改めて気付き、それだけ周りの人に恵まれていることを実感した。

「さてと、そろそろ戻る……か？」

時間もヤバそうなので戻ろうとした時、俺の目に留まったのはさっきまで藍那が振り回していた細い棒だ。

何の変哲もないただの棒……それなのに、俺は引き寄せられるようにその棒のもとへ向かい、それを手に取る。

「…………」

握りしめたその棒をジッと見つめる。

不思議だ……この棒を見ていると、中学生時代に捨てたはずの中二心が蘇《よみがえ》るような気がしてくる。

「……まだ残っているというのか？　俺の中に――」

棒を天に掲げ、俺は言葉を続けた。

「誰かを斬りたいという欲望が……敵対する者を地に沈め、その屍《しかばね》の上に立ちたいという欲望が」

……そこまで言って俺は急に恥ずかしくなり棒を放り投げた。

コロンコロンと音を立てて転がった棒は元々あった場所まで戻り、この場に俺以外誰も居なくて良かったと心の底から思った。

「ま、色々言ったけど剣道の時の感覚だよな……」

剣道……もう関わることがないものだ。

興味を失ったわけじゃないし、かつて個人で全国大会まで進んだ時の興奮もしっかりと覚えている。

ただまあ、この前入江《いりえ》君との会話の時にも思ったけど剣道への熱はもう冷めてるから。

だけど、俺がまた剣道に関わる時——それは数日後、意外な形で訪れることになるのだった。

▼▽

好きな人と一緒のクラスじゃない……それがこんなにももどかしく感じてしまうなんてと、あたしは考えていた。

「……むぅ」

「藍那どうしたの？」

「なんでもな〜い」

友達の声にあたしはそう返した。

尚《なお》も怪訝《けげん》そうに見つめてくる彼女はあたしと姉さんの共通の友人であり、姉さんとは離れたけどあたしとまた同じクラスになった子だ。

「やっぱり亜利沙と離れて寂しいの？」

「……それもあるけどさぁ」

「あ、認めるんだ」

姉さんが居ないのが寂しい……それは僅かにあるよ。

でも……でもでもでもでも！　それ以上に隼人君と同じクラスじゃないのが寂しい！　去年も一緒じゃなかったけど姉さんが隼人君の傍に居る分、余計に思っちゃう!!

「姉さんもそうだけど……」

「あれ？　もしかして気になる人でも居るの？」

「さあどうかなぁ」

そうだよ気になる人が居るよ恋人が居るよ愛してる人が居るよ!!

事実を隠しているからこそ彼女もあたしたちの関係は分からない……だからあたしの好きな人を知らない。

でもなぁ……仮にあたしが正直に付き合ってる人が居るって言ったとしても、今までのあたしを知ってるこの子からしたら絶対に信じてくれないだろうけど。

「てっきり堂本君かと思ったんだけど違うの？」

「っ……なんで？」

……ヤバい、一瞬ドキッとしちゃった。

あたしは自分で言うのもなんだけど表情を取り繕うのは上手《うま》い方だ……まあ隼人君や姉さんの前だと素の状態しか見せられないけれど、こういう場なら大丈夫だ。

「ほら、亜利沙の所に行くと仲良さそうに話してるじゃん」

「……あ～」

それでかとあたしは納得した。

あたしたちが二年生になって数日が経ち、クラスメイトたちも今の空気に段々と慣れてきた頃合いだ。

あたしも友達と仲良くしつつ、同時に教室の雰囲気に馴染《なじ》みつつ……でも一番は姉さんに会いに行くことを口実に隼人君が目的だったりするしねぇ。

(もちろん怪しまれるような絡みはしてないけど……雰囲気で分かるのかなぁ？)

それならそれで悪くないけどねぇ……あたしと姉さんの友達はみんな良い子たちだから隼人君に酷《ひど》いことは絶対にしないいし、むしろ気に入ってくれると思うしさ！

そんなことを考えていると彼女はあっと声を上げた。

「どうしたの？」

「先生に渡す物があるからって呼ばれてたの忘れてた！」

「職員室に？」

「そう！　ねえ藍那付いてきてよ！」

「なんであたしが？　一人で行きなよ」

「そんなこと言わずに何卒《なにとぞ》！」

「……まあ良いけどさ」

ちょっとめんどくさいけどそんな風に頼まれちゃったら断りづらいし。

それからあたしは彼女の用事を済ませるために職員室まで付いていく……でもその途中、階段を降りたところで一年生とぶつかってしまったんだ。

「わっ……」

「おっと⁉」

一年生の男子……もちろん彼の名前は知らないけれど、ボーッと見つめてくる彼に対しあたしはごめんねと頭を下げた。

特に何か言いがかりを付けられることもなく、かといって呼び止められることもなく職員室に着いたのであたしは一人廊下で待つ……程なくして彼女が出てきた。

「ありがとう藍那～！　無事間に合ったよぉ」

「良いよ別に。さ、戻ろ」

こうして彼女に付いてきたけど具体的な用事の内容は聞かなかった。

正直どうでも良いというか、そこまで気にならなかったから……というより、その時もあたしは主に隼人君のことを考えていたからだ。

（今週はあたしたちが隼人君の家にお泊まり……ふふっ。お背中流しちゃったりしちゃうぞ隼人君♪）

隼人君と一緒にお風呂に入ることを想像し、あたしはニヤニヤしていないか気になってチラッと窓ガラスに映る自分を見る……うん大丈夫みたいだ。

「さっきの一年の子、めっちゃイケメンじゃなかった？」

「え？　そうだった？」

さっきぶつかった子がイケメンだったらしい。

あたしからすればどこにでも居る男子って認識だったし、かっこいいとも可愛《かわい》いとも普通とも不細工とも……正直印象に残っていなかった。

「全然興味ないって反応だね」

「興味なんてないよ、あるわけないじゃん」

断言したけど本当にその通りだ。

あたしにとって特別な男子って隼人君だけだし、隼人君以外の男子ってみんな同じ顔……は言いすぎかもしれないけれど気に掛けることが全然ないからさ。

「……あ」

教室に入ろうとした直前、ちょうど隼人君が歩いていた。

たぶんお手洗いの帰りなのかいつも一緒に居るお友達も傍《そば》に居て……チラッとあたしと目が合った時、あたしはそれだけで嬉《うれ》しさが溢《あふ》れるのを感じた。

あたしと目が合った隼人君は一瞬驚いたような表情をしたけど、その後すぐに優しい眼《まな》差《ざ》しを向けてくれる……隼人君は意識してるの？　仮に無意識だとしてもすっごく嬉しいんだけどね！

「え？」

その時、隼人君がちょっとだけ分かりにくく指をクイッとしたのを見た。

隼人君はそのままお友達と別れ、また背中を向けて歩き出した彼を追いかけるためにあたしは駆け出す。

「あたしも用事思い出したからちょっと行ってくる！」

「え？　ちょっと藍那――」

友達の戸惑う声を振り払うようにあたしはその背中を追いかけ、向かう先は使われていない空き教室……あたしにとってこの空き教室というワードは大好きな人との逢引《あいび》きを示す言葉……特別な響きを孕《はら》んでるの！

「隼人君！」

「あ、やっぱり気付いてくれたか」

もちろんだよぉ!!

さっきの指クイはこっちにおいでっていう合図だったんだよね？

「まだ後ほんのちょっとだけ時間あるからさ」

「えへへ、ありがと♪」

お弁当を一緒に食べるために抜け出したりすることはあっても、流石《さすが》に毎日なんてわけにもいかない……だからこそ、こうやって隼人君は去年と変わらず逢引きの時間を作ってくれる。

隼人君からしたら姉さんと違って一緒の時間が少ないからっていうだけかもしれないけれど、それでもこうやって誘ってくれたら本当に嬉しいんだよ？

「じゃあぎゅってするか！」

「ぎゅっしよ！」

時間は有限だからこそやれることも少なく、出来たのはやっぱりそれくらい……かと思っていたけれど、あたしはもっと……もっとを隼人君に望んだの。

「ねえ撫《な》でて？」

そう言うと撫でてくれた。

優しく、頭を壊れ物を扱うかのように……でもまだ足りない。

　あたしは少しでも離れていた分を埋めたいと願うように、もっともっとと視線で訴えてみる……すると、少しだけいやらしく背中を撫でてくれた。

「……う〜ん♪」

　意識してくれているかどうか分からないけど、このいやらしい手付きがあたしには心地よく……興奮と共に喜びという快楽を体に与えてくれるんだ。

　その後、あたしは隼人君と名残惜しみながら別れた。

　あたしは隼人君が気遣ってくれたことと、抱きしめられたことで幸せいっぱいに包まれ……離れる時はやっぱり寂しかったけど教室に戻る頃のあたしはそれはもう笑顔だった。

「むふ……むふふ〜♪」

「藍那……壊れちゃった？」

　友達だけでなく他のクラスメイトにも怪しまれちゃったけど、今はどうでもいいや、幸せなんだもん！

（クラスは違う……でも、何も不安になることはないんだね♪）

　むしろあんな風に考えてもらえるあたり逆に良いまである？

　姉さんに聞かれたら都合の良い考えだって呆《あき》れられる可能性もあるけど、そう考えたっていいよね！

ねえ隼人君、違うクラスでもあたしは頑張るよ。

だから隼人君、家に居る時はいつも頑張ってるねよしよしってしてくれると嬉しいなあ？

三、カボチャの騎士、大地に立つ

始業式、そして入学式……他にも二年生として過ごしていくにあたりクラスでの決め事や、新しいクラスメイトとの関係構築などで忙しかったように思える。

そんな日々をまずは一旦乗り越えた金曜日——俺の家には亜利沙《ありさ》と藍那《あいな》が集合していた。

「わぁ……美味《おい》しそうだね！」

俺たち三人が囲むテーブルの上にはぐつぐつと音を立てているすき焼きがあった。

元々週末に彼女らが泊まりに来るという予定はあったのだが、改めてまずは一週間お疲れ様会をしようということになり、こうして急遽《きゅうきょ》すき焼きパーティへと洒落込《しゃれこ》むことになった。

「咲奈《さきな》さんも来られればなぁ……」

「そうねぇ。母さんったら変に遠慮するんだから」

亜利沙がそう言ったように、咲奈さんも誘ったのだが今回は遠慮されてしまった。

otokogirai na bijin shimai wo namae mo tsugezuni tasuketara ittaidounaru

　もしかしたら学生のお疲れ様会だからこそ、俺たち若い者だけで楽しんでほしいという意図もあったのかもな。

「また別の機会で誘おうか」

「そうね」

　よし！　じゃあ俺たちはまず、目の前のすき焼きに意識を集中しよう！

　早く食べてくれ、美味しいからガッツリ来い、お前の胃袋を満たさせろ、そんな声が聞こえてきそうなほどにすき焼きも準備は万端だ。

「いただきます！」

「いただきます」

「いただきま〜す！」

　こうして、俺たちのお疲れ様会は幕を開けた。

　いくら三人とはいえ男一人に女二人なので、量としてはしっかりと全部食べ切れるであろうくらいには調整している。

　仮に余っても……いや、こういうのはその時に食べるから美味しいんだ！

「あむ……っ！　うめえ！」

「美味しい!!」

肉を口に含んだ瞬間、あまりの美味しさに俺と藍那は揃《そろ》って声を上げた。

素直な感想を口にするだけでなく、表情にこれでもかと感情全開の俺たちと違い、亜利沙は大きな声を出したりせず静かに食べている。

「……うん。凄《すご》く美味しいわ」

そんな亜利沙なので感想も静かなものだった。

俺たちはすき焼きという豪華な食事に舌鼓を打ちながらも、二年生になってこの一週間にあったことや思ったことを思い思いに口にする。

（週末に大切な彼女たちと自宅で楽しくすき焼き。贅沢《ぜいたく》と思いつつ……いや、贅沢以外の言葉が見当たらないな）

二年生の最初からあまりにも順調で幸せなスタートだ。

彼女たちと親しくなった頃から幸福という貯金を切り崩しているように感じてしまうけれど、切り崩す以上に三人の幸福貯金が積み上がっているようなもんだし大丈夫だよな！

「そういえば藍那」

「う～ん？」

「帰り際に何か持ってたでしょ？　あれって何だったの？」

「あ～大したことないよ。別に捨てても良いかなって物」

「……そう」

何の話だ？

藍那に視線を向けるとやっぱり彼女は何でもないよという風に微笑《ほほえ》んでいるだけ……俺も少しだけ気になってしまい、それからもちらちら藍那に視線を向けていた。

「本当に何もないよ？　何なら後で教えてあげても良いし」

「それって何もないわけじゃないでしょ……」

「そうとも言う♪」

取《と》り敢《あ》えず、何かあったんだな？

でも藍那の様子を見る限り大変なこととか、危ない何かでないことだけは確かみたいなのでそこだけは安心する。

それでも一応、俺は聞いてみた。

「危ないことじゃないんだよな？　何かこう……藍那の身に何か起こるみたいな」

「……えへへ、そうだよ。全然その心配はないかな……ありがとう隼人《はやと》君」

お礼なんて言われるほどのことじゃないよ。

俺は藍那もそうだけど、亜利沙のことだって心配するのは二人のことが心から大切だと思っているからだ。

決して義務感なんかじゃない。仕方なくで心配しているわけでもない。俺は心から二人のことが大好きだから、守りたいって思うから心配してしまうんだよ。

「そうだ亜利沙、藍那――後で一緒に……うん？」

待て……そこで一旦止まれ隼人。

お前は今……俺は今、何を言おうとした？　どんな言葉を続けようとした……？

「…………」

「隼人君？」

「どうしたの？」

急に黙り込んだ俺を亜利沙と藍那が不安そうに見つめてきた。

俺は何でもないと首を振ったけど……時間が経《た》ってようやく理解した――俺は二人にとんでもない提案をしようとしたんだ。

(俺今……一緒にお風呂に入ろうって提案しそうになった？)

そんな馬鹿な……そう思ったけど、俺は確かにそう言おうとしたみたいだ。

二人のことを大切に思うあまり、大好きだと思うあまり……そして何より、以前に二人の体に自発的に触ろうとしたこと……それは間違いなく二人に対する欲望と独占欲が溢《あふ》れ出した結果だ。

（……それにしても一緒に風呂に入ろうは引かれるだろ絶対）

言わなくて良かったと、早まらなくて良かったと俺は心から安堵《あんど》した。

急に黙り込んだかと思えば安心したように笑みを浮かべた俺を、やはり二人は不審に思ったようでジッと見つめてくる。

「えっと……」

流れに身を任せたら確実に吐かされると思ったので、俺はとにかくすき焼きを美味《うま》い美味いと言いながら食べることに集中し、二人が疑問を口にする瞬間を無理やり封殺するのだった。

そして！

「……ふぃ～」

美味しいすき焼きを食べ終えた後は至福のお風呂タイムだ。

着ていた服を脱ぐ途中、実はちょっとだけ二人と一緒にお風呂に入りたいなんて欲望が再燃したのは内緒である……まあ、俺も男の子ってことよ。

「……むっ⁉」

全裸になった俺は背後を勢いよく振り向く。

視線の先は脱衣所と廊下と繋《つな》ぐ出入り口……何で見たんだろう？　俺は不可解な感覚に

首を傾《かし》げつつ、まあ良いかと浴室に入った。

シャワーからお湯を出していざ体を洗おうとしたその時、ガチャッとドアが開いた音を俺は確かに聞いた。

「え……？」

呆然《ぼうぜん》とする俺……当然だ。

一枚の戸を隔てた向こう側では二つの影が動いている……想像したくないが泥棒か何かでない限りこの二つの影は亜利沙と藍那になる。

「隼人君、今入ったばかりよね？」

「嘘《うそ》はダメだよ～？　分かってるからねぇ♪」

楽しそうな二人の声に俺はやはり呆然とする他ない。

ただ、戸を挟んだ向こう側とはいえ女性の登場に俺は慌てて股間を隠す行動に出た……

いや当然だよなぁ！

「何してんの……？」

「背中流してあげるわ」

「うん♪　そのために来たんだからぁ！」

背中を……流すだってぇ!?

その瞬間、俺の脳裏に蘇ったのは以前に藍那がしてくれたこと……いやでもちょっと待てよと俺は慌てたが時既に遅し——二人は入ってきてしまった。

「お邪魔するわ」

「お邪魔しま〜す！」

「っ⁉」

股間はしっかりと手で隠しているので大丈夫だったけど、今の俺の姿が果てしなくダサいのは言うまでもない。

けれど、俺はそれ以上に二人の姿にちょっと驚いたんだ。

「水着……？」

浴室に突撃してきた二人は水着姿だった。

藍那が黒、亜利沙が白のビキニ姿……こういうのはプールや海でしか着ないと思っていただけに、俺は突然の彼女たちの姿に見惚《みと》れていた。

「これなら大丈夫かなと思ったのよ」

「あたしたちだってちゃんと考えてるんだよぉ？」

いや……水着だから大丈夫ってわけでもないんだが。

それからあれよあれよと言う間に二人に座らされ、ここにやってきた目的でもあるよう

に タオルに石鹸《せっけん》を付けて体を綺麗《きれい》にしてくれるのだった。

「どうかしら？　気持ち良い？」

「あぁ……めっちゃ良いよ」

「痒《かゆ》い所とかない？　全部洗ってあげるからね！」

「ありがとう……」

　会話とシチュエーションだけなら完全にエッチなお店だわこれ……。

　でも……まさか不意打ちのこととはいえ、さっき一瞬でも考えた一緒にお風呂に入りたいという欲望がこんな形で叶《かな》うとは。

（これから一年、二年生として頑張れっていう神様からの激励だったりするのか？）

　そんな激励ならいくらでもちょうだい！　そういうのもっとちょうだいって本気でそう思う。

「……ふふっ、まさか夏以外に水着を着るだなんてね」

「でも良いんじゃない？　こういう機会でも着てあげたらこの子だって喜ぶよ」

「……俺も凄く喜んでるけどね」

　ボソッとそう呟《つぶや》くと、二人が嬉《うれ》しそうに笑ってくれたのを感じた。

　うちの浴室には鏡が一枚壁に引っ付いており、湯気によって少しばかり曇っているが俺を含めて二人の体はバッチリと映っている。

肉感たっぷりの体を守るのは布地面積の小さいビキニ……最高かよ。

「ちなみに今年は新しいのを買うつもりなの。夏になったら隼人君に水着を選んでほしいわね」

「お、俺が……？」

「ええ」

亜利沙が頷《うなず》くと藍那も続いた。

「うんと可愛《かわい》いのを選んでね！　あぁでも、隼人君が望むならもっともっと過激な水着でもウェルカムだよ！」

「……もっと過激な水着？」

これ以上に過激な水着ってどんなのだ……？

俺が想像したのはそれこそ胸だと先端しか隠れてないような……股の部分だってデリケートゾーンしか隠れてなさそうなそんなやつだけど……ええいダメだダメだ！

この状況でそれを想像すると色々とマズい!!

（心頭滅却だ隼人！　これ以上の想像は絶対にダメだ！）

自分を何とか抑えようと俺は踏ん張る。

俺の分身がそろそろ起きても良いかと問いかけてくるが無視する……というか無視するしかない！

そんな風に必死に頑張る俺に対し、亜利沙と藍那は更なる行動に出た。

「っ⁉」

「うん……ふふっ」

「……うんしょ……これ、どお？」

俺の体は痙攣《けいれん》したかのように震えた……それも仕方ない。

何故《なぜ》なら二人がその自慢の大きな胸に泡を付け、そのまま両サイドから俺に引っ付くようにして体を動かし始めたからだ。

「ちょっと二人とも……⁉」

慌てる俺をよそに二人は悩まし気な声と共に体を擦《こす》り付けてくる。

柔らかな感触と共にボディソープのヌルッとした感覚が襲い掛かり、ねちゃねちゃといやらしい音を奏でる。

（……マズいかも）

何がマズいか……それは男なら絶対に反応してしまうモノがある。

むくむくと力が入りそうになるのを堪《こら》えるが、また一つある事実が俺の脳を焼き切るかのような勢いで齎《もたら》された――今、体を押し付けている二人が水着を脱いでいるという事実が。

（何してんのおおおおおおおおっ⁉）

上だけとはいえ、水着がなくなったことでダイレクトに肉感が伝わる。

ボディソープのヌルッとした感触が更に手助けするように、二人の大きな胸が縦横無尽に形を変えて俺の体の上を滑るんだ……。

「これ……ちょっと変な気分になってくるわね」

「うん……でもすっごく良いよこれ」

やめてくれ……頼むから耳元で吐息混じりに喋《しゃべ》らないでくれ！

この風呂場に響くのはいやらしい音……色んな音が響いているが、とにかく今の俺からすれば全ていやらしいというものに収束してしまう。

このままではマズい……暴走してしまうとかそういうのではなく、単純に逆上《のぼ》せて倒れてしまいそうだと俺は思い、何とか二人のサキュバスから脱出を試みようとして……ダメだった。

「ダメよ」

「ダメだよ」

ギュッと、二人が俺を抱きしめるように完全に捕獲したからだ。

もしも……もしもである。

俺の理性を表すヒットポイントが存在していたら、きっとガリガリと削られているはず……だってもう良いじゃないかって、好き勝手しちゃっても良いんじゃないかって思えるほどだ。

でも……ここでやったらどこまでやれるんだ？　万が一は起きないのか……？　そんな心配がやはり、どんなに二人に対して欲望を持ってても俺を押《お》し止《とど》めるんだ。

「ええい！　俺は脱出するぞ――」

二人の美女に……それこそ実はサキュバスでしたと言われても納得する二人から無理にでも離れようとしてそれがマズかったみたいだ。

足元の泡に足を取られるように、ツルッと滑ってしまった。

「っ……!?」

「あ……」

「え……」

俺が足を滑らせたのを皮切りに、三人全員が体勢を崩してしまう。

ただ咄嗟《とっさ》に二人が怪我《けが》をしないように俺の体が動いたようで、二人の下に潜り込むような形で下敷きになり……そして、更に大変なことになってしまった。

「むがっ⁉」

俺の顔面に二人のビッグなお胸が被《かぶ》さっていた。

この際、もはや口の中に泡が入ってしまったとか微妙に背中が痛いとかそんなことはどうでも良い……むしろ、このまま死んでしまっても良いかもしれない。

「ふふっ、このまま全身を洗っちゃおうかしら……っ⁉」

「それだと変なお店みたい……あっ⁉」

二人が何かに驚いたように動きを止めた時、それが俺を正気に戻した。

こうして仰向《あおむ》けに倒れており何も隠す物を身に着けていない……ということはつまり、今現在俺の体に起きた異変を二人は見たことになる。

そこからの行動は早かった。

「ふ、二人ともありがとう！」

「あ……」

「ちょっと隼人君――」

体を綺麗にしてもらったことのお礼を言った後、俺は即座に浴室を脱出し光の速さで体を拭き、パジャマを着て脱衣所からも脱出した。

「は～～～～～～～～!!」

あまりにも大きく長いため息が零《こぼ》れた。

ただいきなり飛び出したのは流石《さすが》にどうかと思ったので、改めてドアを少し開けてお礼と共にちゃんと温まってくれと伝えた。

「……疲れたな凄《すご》く」

疲れた……死ぬほど疲れた……でも男としては最高だった。

けれど段々と気付かされるというか、俺はやっぱり二人とそういうこともしたいんだなって思ってしまう……だって体がそう反応していたから。

「……麦茶でも飲もうっと」

火照《ほて》った体を冷ますためにリビングに戻って麦茶を一気飲みした。

それからしばらくして亜利沙と藍那はパジャマ姿で戻ってきたのだが、二人を見たらさっきのことを思い出し体がまた熱くなる……俺はとにかく興奮を隠すためにあまり動かないよう心掛けるしかなかった。

「顔が赤いわよ？」

「どうしてなのかなぁ？」

二人とも分かってて言ってるよね？

まあでも美味《おい》しい思いをしたのは確かだし、彼女たちとしても俺を揶揄《からか》うつもりはないようだった……何故ならあのお風呂襲撃に関してもお疲れ様会の延長だったらしい。

「それにしては過激すぎると思うけどな……」

「発案は藍那よ？　まあ私もやりましょうって乗ったのだけどね」

「あたしも姉さんもノリノリだったよねぇ♪」

楽しそうな二人に比べ、俺ときたら照れて顔を赤くしてばっかりだ。

でも和気藹々《わきあいあい》と俺を挟んで笑顔の二人を見ていると……やっぱりこの空間があまりにも幸せすぎて途中からは笑顔ばかりを浮かべていたはずだ。

後はもう寝るだけ……だったが、ここに来て藍那が小さな爆弾を放り込む。

「夕飯の時に話してたことあったじゃん？　あたしが何か持ってたってやつ」

「あ、あったな」

「教えてくれるの？」

「うん――あれ、ラブレターなんだよ」

ラブレター……そのワードに俺はドキッとした。

亜利沙は俺みたいにビックリはしていないみたいだけど、気になるのかジッと藍那を見つめている。

藍那は俺の様子を見て心配しないでと言って続けた。

「全然話したことない人だよ。手紙には一年って書いてあったから後輩……新入生だね」

「手が早いわね」

「絡んだことなんて全くないはずなのにねぇ。色々書かれてたけどラブレターって分かった瞬間にどうでも良くなっちゃって読んでないの」

「そうだったのか……」

不安にならないとはいえ、やっぱり付き合ってる彼女がラブレターをもらうというのはちょっとドキッとしてしまう。

告白然《しか》り、呼び出しを受けそうになること然り……本当にモテモテだ。

「心配になっちゃった？」

「そりゃちょっとはドキッとしたよ……でも心配はしてないかな？」

二人が俺から離れていかないことが分かっているからだ。

もちろん今の立場に甘えて努力であったり、二人との時間を疎《おろそ》かにしてしまっては元も子もないので、俺は常に二人のことを大切に考えていくだけだ。

「信頼してるだけじゃない――絶対に君を離さない」

「……あ」

藍那は強い言葉を欲している……だからこう言った。

彼女はジッと俺を見つめたまま頷《うなず》き、まるで感極まったようにお腹《なか》の下辺りを撫《な》でながら吐息を零し、静かになってしまった。

そんな藍那を見て亜利沙と苦笑し、そろそろ寝ようかとなって電気を消した。

「隼人君」

「うん？」

「私にも藍那に掛けてあげたような言葉をくれる？」

確かに藍那だけだと不公平かなと思い、俺は亜利沙にも言葉を口にした。

「亜利沙は俺だけのモノだ――絶対だからな？」

「あ……はいぃ♪」

一瞬にして恍惚《こうこつ》とした表情になった亜利沙に苦笑し、俺はベッドに横になった。

（……くそっ、やっぱり恥ずかしいわこれ）

視界の隅で二人が横になる布団がモゾモゾ動くのが気になりつつも、俺はすぐに眠りに就くのだった。

▼▽

進級して後輩が出来たとしてもやはり特別なのは最初の一週間くらいみたいだ。

翌週の月曜日……つまり今日ともなればみんなは普段通りだった。

そんな中――俺の前をゾンビが歩いていた。

「水ぅ……水をくれい……っ！」

いやごめん、ゾンビは言いすぎだった。

前を歩いているのは水を求めて彷徨《さまよ》い歩く颯太《そうた》……今は体育の時間だが、さっきまでずっとマラソンで走っていたからだ。

「あ……あぁ水！　水があるぜぇ!!」

ようやく蛇口まで辿《たど》り着き、颯太はがぶがぶと水を飲み始めた。

「飲みすぎて腹を壊すなよ？」

とは言いつつも、俺も喉が渇いていたので颯太の隣で水をがぶ飲みした。

水が跳ねたり口から零れたりするのを躊躇《ちゅうちょ》することなく、俺と颯太は失った水分を取り戻すようにしばらくそこから離れなかった。

「ふぅ」

「水が美味《うま》いぜぇ」

その後、俺たちは木陰で涼んでいた。

今回のマラソンは新学期一発目の体育ということで学校恒例の体力作りだったわけだけど、距離として走ったのは五キロくらいだ。

「俺と隼人はこんななのに、魁人《かいと》はサッカーとか元気すぎかよ」

普段運動をしていない俺たちと違い、魁人はある程度体を鍛えている。

それもあって俺たちはこうしてダウンしているが、魁人はまだ動ける連中に交ざってグラウンドでサッカーをやっているはずだ。

「まあでも残り三十分くらいは自由時間だし楽な方だろ」

「それな」

去年からもそうだったけど、マラソンとかした後に長い自由時間をもらえるのは俺たち生徒からのウケは非常に良かった。

まだ体を動かしたい奴《やつ》は好きにすれば良いし、人数が揃《そろ》えばさっきも言ったけどサッカーとかをすれば良いだけだからなぁ。

「あっちの柔道場行こうぜ？　時間が来るまで畳の上でのんびりしようや」

「ういうい」

颯太の誘いに応じて柔道場へと向かう。

柔道場という名前ではあるが、柔道部員が少ないのもあって剣道同好会と一緒に使っているらしい。

よくよく考えたら道場に赴くのは初めてだ。

「しつれいしゃ〜す……って先客？」

道場に着くと既にのんびりしている先客が居た——隣の席の入江《いりえ》君だった。

「堂本《どうもと》に宮永《みやなが》？　珍しいじゃないかこんなところに」

「おっす入江！　残りの時間はここで過ごそうと思ってさぁ」

「なるほど。ここは涼しいからなぁ」

「つうわけで邪魔するわ」

颯太と一緒に靴を脱いで道場の中へ……入江君のすぐ傍《そば》に俺たちは寝転がった。

「あ〜涼しぃ」

「畳臭いけどなここ」

確かに畳の香りが強いけど俺は嫌いじゃない。

なんつうか古き良き日本の匂いというか、そんな感じがするのもあるし祖父母の家が基本的に和室だったので慣れてるのも大きい。

（……あ）

このまま時間が来るまで寝ようか、なんて思っていた時だった。

道場の隅に置かれているもの……剣道の防具や竹刀《しない》を見つけた――ジッと目が離せない理由はおそらく、本当に久しぶりに見たからだろう。

「入江君」

「うん？」

「ちょっと触っても良いか？」

「お、興味が出てきたのか⁉　もちろん良いぞ！」

興味……間違いではないけどそんな期待を乗せた瞳で見つめないでほしい。

歩き出した俺に入江君も付いてきたが、颯太は既に眠ってしまったらしく、小さくいびきを掻《か》いており最初からこちらへの興味のなさが分かる。

「防具と竹刀……なんつうか、年季を感じさせるなやっぱり」

「昔っからあるものだからなぁ。防具とか安い物でもかなり金が要るらしいから新しく揃えるのは無理だぜ……」

「ま、そうだろうなぁ」

どんなスポーツにも言えることだけど道具を揃えるのは基本的に金が掛かる。

だがそんな中でも剣道で使用する防具なんかは本当に高い部類で、それこそ十五万くらいは安くてもするって話を聞いたことがある。

「着てみるか？」

「良いのか？」

「おう」

……ちなみに、良いのかと聞きはしたがちょっと嫌だった。

だって剣道の防具ってかなり臭いというか……俺も中学生の頃に、こんなに臭いが付くのかよって驚いた記憶があるくらいだし。

「なんなら一回打ち合ってみねえか？」

「そこまでやるの？」

「まあまあ！　もしかしたらもっと興味が出るかもじゃん！」

どうやら入江君に完全にロックオンされてしまったようだ。

入江君がどれだけの実力者なのかはともかく、打ち合うかどうかも別にして俺は久しぶりにこの慣れ親しんだ防具を身に着けてみたくなってきた。

「着方は何となく分かるから大丈夫」

「マジで？　それなら良いんだけど……よし、俺も防具着けるわ！」

それなりに物音を立てながら俺と入江君は防具を身に着けていく。

懐かしい……そんな気持ちに包まれながら、俺は防具を装備し……そして最後に面を被《かぶ》った。

（……ははっ、本当に懐かしいなこの感覚）

懐かしい……直近だとカボチャを被った時に抱いた感覚だったか。

俺は昔から顔を隠すと異様に集中力が高まり、自分でも信じられないほどの動きをすることが出来る……これは剣道を通じて知ることが出来た事実だ。

（たぶん研ぎ澄まされてるんだよな感覚が……うん。悪くない感覚だ）

面から覗《のぞ》く視界は広いとは言えないけれど、俺からすればやっぱり見慣れた視界だ。

とはいえこうして顔を隠して、いつもより力を出せるのは……う〜ん、俺って暗い性格なのかなと思ったりするけどどうなんだろうか。

「よし、こっちは準備出来たぞ？」

「俺の方もバッチリだ」

二人とも準備はバッチリだ。

竹刀を手に入江君と向き合った瞬間——入江君はビクッと体を震わせた後、ゆっくりと一歩退《ひ》いた。

「どうしたんだ？」

「……いや、なんか……え？　本当に堂本だよな？」

俺以外誰が居るって言うんだよ、そう苦笑して俺は竹刀を構えた……あ、また入江君が体を震わせた。

「っ……背中がゾクゾクしてきたわ。なんだよお前……」

「いやだから普通だって」

「何か違うって絶対!!」

ていうか打ち合うんじゃなかったのか？

実を言うと少し体がウズウズしていて早く打ち合いたいところではあったが、入江君から剣道同好会のことを聞いていたので少し経過が気になり聞いてみた。

「そういえば同好会の面子《メンツ》とか集まりそうなのか？」

「お、よくぞ聞いてくれました！　実は五人揃ったんだ！　未経験者ばかりだけど団体戦にも出てみたいって言ってくれてるし！」

「そうか。良かったじゃん」

どうやら部員は集まったみたいだ……はは、それも懐かしい気分だ。

剣道の試合は技を仕掛けたりする時など声を出す瞬間はあるものの、基本的には静かに進行していく。頼れる存在が自分しか居ない分いつも以上に頑張らないとなってなるし、何より静かではあっても仲間の奮闘を応援するのも心が熱く震えるほどだ。

「頑張れよ入江君」

「おうよ！」

「正直……話を聞いただけじゃ適当にやるんだと思ってたけど、結構しっかりやりたい連中が集まったんだな？　良いことじゃん」

「へへっ、だろ？　俺もすぐ飽きるって思ってたさ！　でもやっぱ侍みたいでかっこいいしな！」

「……ははっ、そうか」

かっこいいからやってみたい、子供っぽい理由だけど全然良いじゃないか。

そんな風に和やかな雰囲気を醸していた俺たちだったが、目的を思い出した入江君がサッと竹刀を構える。

「えっと、それじゃあちょろっとやってみるか！　適当に始めって言うからさ」

「分かった」

一定の距離を取って俺たちは見合う。

そして、入江君の声が合図として響き渡った。

「始め！」

その声が聞こえた瞬間、俺は一歩を踏み込む。

たったこれだけの動作なのに中学時代を思い出し、こんな風だったなと懐かしい記憶が幾つも脳裏に蘇《よみがえ》る。

「……え？」

その気の抜けた声は入江君のものだ。

俺は既に入江君の傍を駆け抜けており、先ほど確実な一本が入江君の面にさく裂したのである。

剣道において勝敗とは審判が判定するものではあるが、まあ入江君としても頭部に文句のない一撃を受けたので負けたと思ってくれるはずだ。

「……マジかよ」

「あはは……」

決着が付いたため、俺は一つ息を吐きながら面を外す。

だがその瞬間、全く以《もっ》て予想しない声が響き渡った。

「すっご～い！　かっこいいね凄《すご》く！」

「えっ⁉」

「……はい？」

思いっきり驚いた入江君とまさかと唖然《あぜん》とする俺……そんな俺たちが目を向けたのは入

り口——そこにはやはり、彼女たちが居た。

「新条《しんじょう》さんたち!?」

「な、なんだ敵襲か!?」

突然の入江君の大きな声に寝ていたはずの颯太も飛び起きる。

亜利沙と藍那……特に藍那が興味深そうに俺たちを含め、道場の中を覗き込んでおり明らかに入りたそうだ。

「ねえねえ、あたしたちもちょっと入っていいかな？」

「ひゃ、ひゃい!!」

藍那の問いかけに入江君が緊張マッハな様子で返事をした。

ありがとうと笑顔の藍那と違い、亜利沙はそんな藍那にやれやれと困った様子で苦笑しながらも、興味が隠し切れないのか辺りを見回している。

「どどど……どうしよう堂本！」

「落ち着け入江君！」

壊れた玩具《おもちゃ》のように挙動不審になってしまった入江君。

何とか落ち着いてくれと軽めに頬《ほお》をぺしっと叩《たた》くと、彼はハッとしたように我に返り少しだけ落ち着いたみたいだ。

(今日は藍那のクラスと合同体育で彼女らが一緒に居るのは不思議じゃない……つうかなんで二人がここに？　というか、いつからそこに居たんだ？)

ちょうど終わってから声を掛けてきたし……もしかして最初から？

「二人が向かい合ってるところから見てたんだよねぇ！　ちょっと瞬《まばた》きしたら堂本君が入江君の後ろに居て……とにかく凄かった！　ねえねえ、そんな速く動けるくらいそれって軽いの？」

「えっと……触ってみる？」

「良いの⁉」

「まあ……大丈夫か入江君？」

「も、もちろん‼」

あはは……まあ美人姉妹と言われている二人だし、入江君の慌てようはもっともだけど、傍《はた》から見るには面白い光景だ。

「……結構重たい」

「重いよ。まあ剣道やってたから慣れみたいなもんさ」

「へぇ……」

「凄いのね」

さて、突然二人がやってくるという出来事はあったけど時間も時間だ。

俺と入江君が防具を脱ぐと、藍那がジッと俺を見てくる……どうしたのかと思っているとこんなことを口にした。

「ねえねえ、それちょっと被ってみてもいい？」

「……え？」

それと言って指を向けられたのは面だ。

これを被る……？　俺の汗の臭いとか結構籠もってるのもあって、素直にはいどうぞと渡すことが出来なかった。

けどちょうどいいタイミングでチャイムが鳴った。

「あ……」

それは誰の声だったか……俺たちは全員、慌てて片付けをしてから道場を後にするのだった。

着替えも済ませて教室に戻った後、次の授業が始まるまでの間に亜利沙と少しだけ話す時間が出来た。

「私も藍那も残りの時間をどうしようかってなった時に隼人君の背中を見つけてね。それで何してるんだろうって気になったのよ」

「そうだったのか」

「それで跡を追いかけたわけだけど……とても良いモノを見れたわ。防具と面を着けて立つ姿……まるで、カボチャの騎士様みたいだったもの♪」

「う〜ん……カボチャの騎士様って言われてもあまり嬉《うれ》しくないんだけど」

「あら、そう？」

それってつまり、前に俺がカボチャを被《かぶ》って助けた時と同じ雰囲気だったってことでしよ？　カボチャの騎士様……改めて言われてもあまり嬉しい響きじゃないよね。

「堂本堂本」

「あ、はいはい」

一旦亜利沙との会話を止め、入江君の方へ視線を向けた。

どこか興奮した様子の入江君はグッと俺に顔を近づけて口を開く。

「さっき宮永から聞いたんだけどさ！　堂本って中学の時に剣道で全国大会出たって話じゃないか！　めっちゃ凄いじゃん！」

「あ、聞いたのか」

「なんで黙ってたんだよこのこの！　いやでもそうかぁ……何が起きたのか分からなかったくらいだったもんな！　そりゃつええよ！」

「あはは……でも俺自身驚いてるよ。まだあんな風に動けたんだなって」

「いやいや凄かったって！　なあなあ、時々で良いから教えてくれねえか!?」

「あ～……まあ気が向いたらで良いかな？」

「おうよ！　いやぁ楽しみだぜ！」

そこまで喜んでくれるのか……でも、今日みたいにちょこっと触れる機会とかがないと教えるようなことはなさそうだ。

(でも……剣道か)

随分と久しぶりな感覚だったけど、あの感覚と共に亜利沙や藍那……咲奈さんを助けた時のことを思い出したのは確かだ。

あのような形で強くなる自分に少し笑ってしまうものの、だからこそそれもまた俺の良いところだと思える……うん、悪くない。

▼▽

新条家での夕飯を終え、早速女性陣の話は今日の剣道のことに移る。

興奮した様子で会話を始めたのは藍那だったが、それに亜利沙が便乗し、そして咲奈さんも気になったかのように会話に加わっている。

「そうだったの……ふふっ、剣道をする隼人君を私も見たかったですよ」

「えっと……まさかここまで話題にされるとは思ってなくて」

一過性のことかと思いきや、まさかここまで亜利沙と藍那の心を揺さぶっていたとは思っていなかった。

教室に戻った時の亜利沙の様子から随分と熱が入っているなとは思ったけど、いやはやそこまでだったとは驚きである。

「姉さんが言ってたけど！　本当にカボチャの騎士様ってやつだよね！」

「そうなのよ！　薄《うっす》らと面の隙間から覗《のぞ》く眼光！　他者を寄せ付けない出《い》で立《た》ち！　一瞬にして勝負を決めた圧倒的強さ……はぁ♪　素敵だったわ隼人君！」

あの〜……俺はゲームに出てくるボスか何かなんすかね？

二人の興奮に付いていけず、二人に感化されたように見てみたかったわと言う咲奈さんにも付いていけず……というかカボチャの騎士という呼び方だけはどうにかしてほしい所存です……はい。

「あ、隼人君」

「はい？」

「肉じゃがの余りをタッパーに詰めますから持って帰ってください。明日にでも温めて食べてくださいね？」

「ありがとうございます！」

おぉ、明日もあの美味《おい》しい肉じゃがを食べられると思うと幸せだぜ！

表情にもバッチリ出ていたようで咲奈さんはクスッと微笑《ほほえ》み、意識したのかどうか分からないが軽く頭を撫《な》でられるのだった。

「……あ、そうだ」

咲奈さんが肉じゃがの用意をしてくれている姿を見ていた時、ふと俺は学校で入江君がちょこっと話していた剣道市民大会のことを思い出す。

俺は別に出場するわけじゃないけど、ちょっと見学に行こうかな。

そこまで考えた時、亜利沙と藍那も一緒にどうかなと思い誘ってみた。

「え、行ってみたい！」

「普段見ないから楽しみだわ」

断られることはないと思っていたけど、結構二人とも乗り気だった。

亜利沙が言ったように滅多《めった》に剣道の試合を見る機会はないが、俺がかつて頑張っていたスポーツを彼女たちと観戦出来るのはかなり楽しみだ。

「ありがとう二人とも、俺の趣味……と言っていいのかどうかはともかく、興味あることに付き合ってくれてさ」

「そんなことないわ。そもそも大好きな彼がやっていたスポーツの大会を見に行くって別に普通のことじゃないかしら」

「そうだよ。スポーツ観戦もまたデートみたいなものでしょ？　隼人君が昔やってなかったら興味なかったかもだけど、だからこそこういう機会は大事にしたいから♪」

確かに俺が関係していなければ、おそらく剣道に対して興味は一切を持たなかったはず……でも、俺がやっていたからこうして興味を持ってくれたのも俺と彼女たちの繋《つな》がりが生んだ奇跡みたいなもの……か。

「……エモいな」

「え？　何が？」

「い～や何でもない」

ちなみに、二人とも咲奈さんが用意するサングラスをかけていくらしい。

いくら休日デートとはいえ、やはりこの辺りは気を付けるとのこと……サングラス一つで誤魔化《ごまか》せるかどうかはともかく、この二人がそういうサングラスをかけるのも中々新鮮なので楽しみだったりする。

その後、時間も遅くなりもう帰ることにし、みんなが見送りに出てくれた。

「隼人君、こちらをどうぞ」

「ありがとうございます！」

明日のご馳走《ちそう》になるであろう肉じゃがをありがたく受け取ったのだが、何故《なぜ》か俺はそこでジッと咲奈さんを見つめてしまう。

「どうしました？」

「……いえ」

ジッと見てしまったものの、特に何もないので視線を逸《そ》らす。

どうして俺は咲奈さんがこんなにも気になったんだ？　どこか……そう思いたくはないけど胸騒ぎのようなものを感じた気がする。

（……気のせいかな？）

釈然としないながらも、その日は新条家を後にした。

「週末のデートというか大会の観戦というか……とても楽しみだな」

今から週末が楽しみだと、俺はウキウキとして帰路に就く。

手の中に温かさを感じさせ、愛情がしっかりと込められた肉じゃがを大切に抱えながら。

四、少年、改めての決意

otokogirai na bij
shimai wo namae
mo tsugezuni tasuke
ittaidounaru

日は流れて金曜日になった。

ついに明日は二人と約束した休日デートということで、今から楽しみなのはもちろんだけど学校の中でもちょっとした変化があった。

「……ふむ、なるほどねぇ」

「そういうルールなのね」

休み時間になって藍那《あいな》が早速教室に遊びに来たのだが、亜利沙《ありさ》と顔を寄せ合うようにしてスマホを覗き込んでいる。

二人が見ているのは明日のデートに向けての情報収集であり、少しでも楽しめるようにと簡単なルールの下調べをずっとしていた。俺も聞かれたら二人に答えられる範囲で教えている。

（お爺《じい》ちゃんの神業集みたいなの見て笑ってたりするし……思いの外、興味を持ってくれ

ているのが嬉しいんだよなぁ）

二人の調べる様子に俺もついつい熱が入って余計なことを喋《しゃべ》りそうになる。

その度に普段見ない表情だから新鮮だ、とかそれだけ俺が熱くなれるスポーツなんだねと苦笑されて……まあでも、たとえこの先そこまで剣道に触れる機会がなかったとしても嬉しいもんだよマジで。

「二人とも何見てるの？」

「剣道のルール？」

さてさて、そんな二人が友人たちも気になるようだった。

俺としては恋人である二人が気になりつつも、そっと席を立って魁人《かいと》と颯太《そうた》のもとに向かった。

「おっす隼人《はやと》」

「おう」

「なあ隼人、前に剣道をやってるの披露したんだって？」

「え？　あぁそういや魁人は居なかったな」

というかここでも剣道の話かよと俺は苦笑した。

以前……それこそハロウィンの時にカボチャを被った姿は披露しており、その時の雰囲気を知っている魁人からすれば是非とも見たかったらしい。

「いやだってあの時の隼人は本当に雰囲気が違ったからなぁ。顔を隠して本来の力を発揮するというか、雰囲気まで変わるなんて……お前主人公かよ」

「なんだよ主人公って」

「ははっ！　でも主人公気質ではあるよな」

「だからなんでだってての！」

俺が主人公とか恥ずかしいからやめてくれ！

それ以上喋るなという意味も込めて、二人の肩を軽く小突くがそれでもやめる様子はなく、むしろニヤリと笑って楽しそうに揶揄《からか》ってきやがる！

「いやいや、十分に主人公気質じゃね？　元々俺たちを繋ぎ合わせたし？」

「そうそう。後、家族を想《おも》う心も人一倍だしめっちゃ優しいし……んで剣道というかめっちゃ強いって話だろ？　もう主人公じゃん」

「いや……どうなんだそれは」

家族を大切に想うのと優しいだけで主人公になれるなら誰だってそうじゃね？

そう言うと二人はそれもそうだなと苦笑した。

「ま、これで女の子にモテモテとかだったらもう嫉妬するよなぁ」

「嫉妬どころじゃねえよ。女の子にモテモテな時点で俺たちがお前を処す」

「だからなんでだよ……」

まあでも、二人が言った要素と合わせて女の子にモテるという特徴も合わさったら確かにあまりにも理想的すぎる主人公像だ。

……とはいえ、二人の女の子……つまり亜利沙と藍那のことを考えた時、頭ごなしに否定出来ないのもまた贅沢《ぜいたく》なことだった。

「そういや隼人」

「う～ん？」

「明日、暇か？」

そう言われ、俺は即座に首を振った。

「明日は用事があるんだわ」

「そうか……母ちゃんがまたみんなを呼んで騒いだらどうかって提案してきてさぁ。美味《うま》い飯を作るって張り切ってたから、今度は泊まりで予定を立てようと思ったんだけど……

よし分かった、またにするわ！」

「ごめんな」

「良いってことよ！」

デートの予定がなかったら速攻で頷《うなず》いてたな……でも、これって颯太が乗り気なのはもちろんだけど、それ以上に颯太のお母さんが気に掛けてくれているみたいだ。

「おばさんによろしく言っといてくれよ。今度、絶対にお邪魔させてもらうって」

「分かった！　母ちゃんは隼人のこと大好きだからさぁ……現にこの前、息子が隼人だったらとか言い出したんだぜ？」

「いやそれは……」

えっと……それは流石《さすが》にどうなんだおばさん？

あの人は俺のことも魁人のことも可愛《かわい》がってくれるのは良いんだけど、もう少しだけ自分の息子を甘やかしてあげると良いんじゃないかなって。

しかし、颯太は決して嫌そうな表情じゃなくむしろ嬉《うれ》しそうだ。

「なんでそんな嬉しそうなんだよ」

「いやだって自分の家族が親友たちと仲良いんだぜ？　そんな嬉しいことある？」

「……なんか颯太がイケメンじゃね？」

「思ったわ。ちょっとかっこいいぞ、どうしたお前」

「何言ってんだよ、いつもかっこいいだろ俺は」

「え？」

「は？」

「そこはノリで頷けよなぁ!?」

いやごめん、俺たち正直者だからさ。

ちぇっと唇を尖《とが》らせた颯太に一言ごめんと謝罪し、ちょうど予鈴が鳴ったので席に戻った。

「それじゃあ姉さんまたね」

「ええ。そっちも頑張りなさい」

「うん♪」

美しい姉妹の会話の後、藍那はチラッと俺を見てウインクをした。

今のウインクは確かに俺にされたものだったが、どうも勘違いした他の男子が勝手に雄《お》叫《たけ》びを上げて沸いている。

「勘違いすんなよな……」

「ふふっ♪　嫉妬なの？」

「そりゃ嫉妬はあるけど……二人の気持ちは一番分かってるから」

そう伝えると、亜利沙はクスッと微笑んだ。

「……そうね。全部曝《さら》け出してるから知ってるものね」

「うん」

「そしてそれは私たちも同じ……隼人君を想う気持ち、そして何をどうしたいのかも最初から変わっていないわ」

「亜利沙……っと、ここ教室だったわ」

「っ……こほん！」

少しだけ真面目《まじめ》な雰囲気を醸し出したものの、ここがどこかを思い出して二人ともスッと前を向いた。

こういうやり取りをした時、常に思うことがある。

俺たちは……この関係を果たして、打ち明ける日が来るのかどうか……もちろん二人と付き合っているだなんて決して大っぴらに言えることでないのは確かだし、俺以上に二人がどんな目を向けられるか、それが耐えられない。

（もしかしたら先生たちから注意されるレベルで問題になる可能性もあるか？）

何度も思うことだけど、俺たちの間にどれだけ尊い想いがあろうとも……どれだけ純粋な好意で成り立っている関係だとしても、二股という形には変わりない。

不健全だと注意されるか……いや、なんにしても周りからの目が凄《すさ》まじいことになりそうだし、この関係性はやっぱり隠す他ないんだ――というより、別に明かしたい理由もないので隠す一択か、どう考えても。

（ま、難しいことを考えても仕方ない。俺はただ、二人のことだけを考えていればいいんだ。俺は二人と付き合っていることを後悔していない……二人にもそんな風に思ってもらえるように……胸を張れよ隼人、俺なら大丈夫だって）

自分に活を入れるように、トントンと胸元を叩《たた》いて前を向いた。

その行動に、亜利沙は気になったように俺のことを見つめてきたけれど……俺は見られていたことに恥ずかしくなり出来るだけ反応しないように心掛けるのだった。

そして、デートの日がやってきた。

▼▽

「……よし、こんなもんか」

朝、起きてからちょっとばかり身嗜《みだしな》みを整えるのに時間をかけた。

元々身嗜みに無頓着だし、ありのままの俺が良いと常に亜利沙と藍那が言ってくれるため、情けないけど手を抜いていたことは否めない。

「別にイケメンってわけじゃないし、俺ができるお洒落にも限界はある……けれど二人の隣に並ぶ以上はそこそこ良い感じに見せたいもんな」

キミのそばでは
ありのままの
で
作
存したがる彼女は僕の部屋に入り浸る
久兵衛　イラスト／絵葉ましろ
大学に入って一人暮らしをはじめた僕は、あるサークル新歓コンパで「西園寺春香」と出会う。容姿端麗で清楚な雰囲気の彼女だが——趣味は酒。大学近くの僕の家は都合も良いし心地よい、と今日も彼女は入り浸る。

求めるのはただ
最強のみ。
——なのに、なぜ
英雄扱いされるんだ!?
極めて傲慢たる悪役貴族の所業II
黒雪ゆきは　イラスト／魚デニム
王国の第二王子との対決に学園の危機、そして氷竜襲来——それが《主人公《アベル》》の宿命だろうと、俺はただ最強を求め、目の前の強敵をねじ伏せるのみ!!　……なのになぜ領民に慕われ、英雄扱いされるんだ!?

歴代最強勇者は——
師匠
としても
超一流《ちょういちりゅう》!?
新作
『君は勇者になれる』才能ない子にノリで言ったら覚醒したので、全部分かっていた感出した
流石ユユシタ　イラスト／徒歩
歴代最強の勇者として名を馳せてきた勇者ダンは——日常恋しさに、後継者を育てて引退することを決意した。勇者なら何でもいいだろと適当に声をかけていくと、弟子候補たちがとんでもなく強くなり始めて——?

隣の席、校舎裏——
隠れて触れ合うドキドキの新学期!
「皆には内緒、ね?」
男嫌いな美人姉妹を名前も告げずに助けたら一体どうなる?3
みょん　イラスト／ぎうにう
「よろしくね、お隣さん♡」進級した
人は姉・亜利沙と同クラス&隣の
になった!　それを羨ましがり「家
よしよしして?」と甘えてくる妹・
那。家でも学校でも止まらぬ姉妹の
Hな猛攻を前に理性は崩壊寸前!?

第30回 スニーカー大賞作品募集中!
大賞300万円
+コミカライズ確約
金賞100万円 銀賞50万円 特別賞10万円
前期締切 2024年3月末日
締切必達!!!
詳しくは
ザ・スニWEBへ
https://kdq.jp/s-award
きみの紡ぐ
物語で、
世界を変えよう。
イラスト/カカオ・ランタン

LINEやってるよ!
お友達登録してくれた方には
LINEスタンプ風画像プレゼント!
新刊情報などを
いち早くお届け!
イラスト/
三嶋くろね

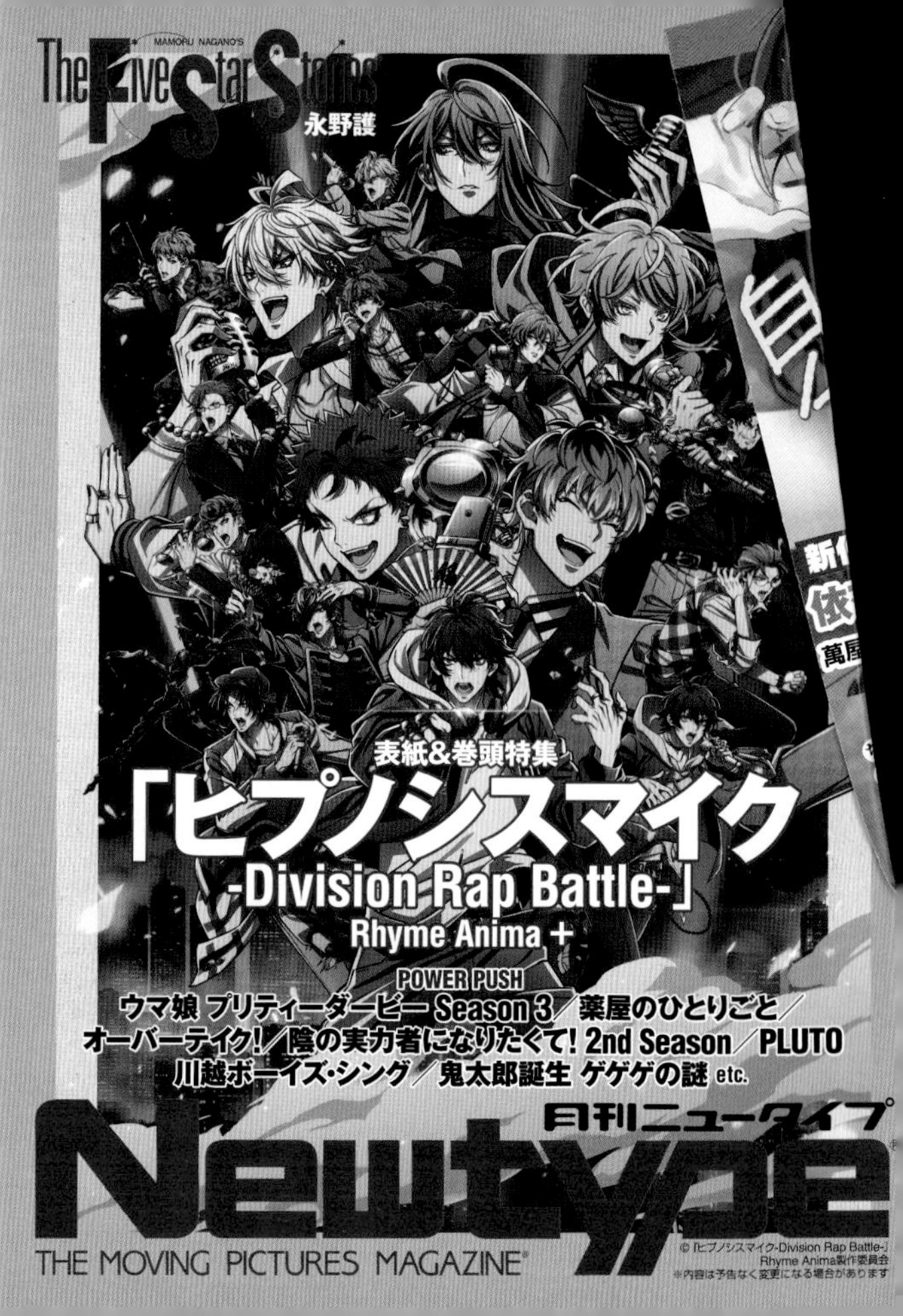
MAMORU NAGANO'S
The Five Star Stories
永野護
表紙&巻頭特集
「ヒプノシスマイク
-Division Rap Battle-」
Rhyme Anima +
POWER PUSH
ウマ娘 プリティーダービー Season 3/薬屋のひとりごと/
オーバーテイク!/陰の実力者になりたくて! 2nd Season/PLUTO
川越ボーイズ・シング/鬼太郎誕生 ゲゲゲの謎 etc.
月刊ニュータイプ
Newtype
THE MOVING PICTURES MAGAZINE
©「ヒプノシスマイク-Division Rap Battle-」
Rhyme Anima製作委員会
※内容は予告なく変更になる場合があります

そうは言っても、今着ている服とかはファッション雑誌で良いかなと思ったものを買って着ているだけなので……いや、でも普通はこんなもんじゃないのか？

「……？」

家を出てすぐにスマホにメッセージが届く。

『今どの辺なの？　姉さんと待ってるね』

送ってきたのは藍那だったのだが、文字から待ちきれないから早く来てという気持ちが溢《あふ》れているようにも感じられ、俺の彼女ってなんでこんなに可愛いんだろうなぁ……何度考えても凄《すご》く可愛い！

「よ〜し！　じゃあとっとと行っちゃうぞ〜！」

……キモイからやめよう。

コホンと咳払《せきばら》いをして気分を落ち着かせた後、俺はほんの少しだけ駆け足で新条《しんじょう》家へと向かうのだった。

「あれ？」

ただ……彼女たちの家が見えたところで俺はおやっと首を傾《かし》げる。

家の前に二つの人影があったからだ……って、あれは亜利沙と藍那？

「何してるんだ？」

不審者やお客さんでもなく、あれは間違いなく亜利沙と藍那だった。

まさか二人して外で待ってたのか？　それを考えた途端、俺はたまらず二人のもとへ駆け出す。

「おはよう二人とも！」

「あ、おはよう隼人君」

「おはよう隼人君！」

笑顔で出迎えてくれた二人の前に立った時、おぉっと声が漏れ出た。

二人の私服姿は今までに何度も見てきた……見てきたけど！　やっぱり可愛いというか綺麗《きれい》というか……もう最高だ！

「藍那、隼人君が見惚《みと》れてるわよ？」

「えへへ！　そりゃそうなるように用意したんだもんね♪」

「マジで最高です、ありがとうございます！」

最高の景色を見せてくれた女神たちに俺は頭を下げるのだった。

しっかし……ちょっとじっくりともう少し眺めていたかったので、二人に許可を取ってみることに。

「もうちょっとじっくり見ても良い？」

「もちろんよ」

「うっふ～ん♪　見て見てぇ」

「……藍那、それちょっと昔のおばさんみたいよ？」

「おばさんは酷《ひど》くない⁉」

ごめん藍那、俺も一瞬昔のケバイ女の人を想像したぜ……。

とはいえ許可が出たのでじっくり見よう！

「……どうかしら？」

まず亜利沙だ。

カジュアルな服装に身を包む彼女を一言で表すなら〝清楚《せいそ》〟だけど……本当にその言葉がピッタリだ。

ただその清楚の中に隠しきれないエロさというのが上半身のセーターにある。

ふっくらと柔らかそうで大きな胸を包むそれ……文字にすればそれだけなのに、確かな質量がそこにあると思わせる。

「最高です」

「ふふっ、ありがとう♪」

さて、次は藍那だ。

藍那は亜利沙と違いとにかく露出が多く、肩を出すタイプの黒いワンピースだ。

胸元に関しては谷間も僅かに見えており……これを他の男に見られたくないと思いつつも、藍那に似合っているからとてつもなく眼福だった。

「最高です！」

「姉さんより食いつきが良いなら良し！」

「ちょっと、別に変わらないでしょうが！」

「そうかなぁ？　心なしかあたしの方が反応良かったように見えたけど？」

「……むぅ」

ギロリ……というほどではないが、恨めしそうに見つめてきた亜利沙。

「いやいや！　そんなことはないぞ⁉」

藍那も何言ってる⁉

まあ確かにちょっとだけ！　ちょっとだけ胸の谷間に目を向けてしまった自覚はあるけど！　後ろめたいことはそれくらいで、俺は心から二人のこの姿を可愛《かわい》いと思ったし最高だと思っているんだからな⁉

それをしっかり伝えると亜利沙は取《と》り敢《あ》えず頷《うなず》いてくれたが、自分と藍那の違いは何なのかと考えたらしい。

「……ここよねやっぱり」

亜利沙が自身の胸元の豊かな二つの膨らみを持ち上げると、藍那もそれだねと言って笑いながらツンツンと胸を突《つつ》く。

「ねえ隼人君。私のおっぱいは魅力がないの？」

「え？　それって冗談で言ってる？　その大きな胸に魅力がないわけなくない？」

それだけは断じてあり得ないという意味を込めて言わせてもらった。

二人も既に知っているけど俺はどちらかといえば大きな胸が大好きだ……つまり、亜利沙の持つその大きな胸に魅力を感じないわけがないのである。

「ねえねえ隼人君に姉さんもさぁ。こんな時間から外でおっぱいの話ばかりするのはどうかと思うのですよあたしは」

「そ、そうだな」

「そ、そうね」

藍那の指摘に俺たちはスッパリその話を終えたが、服装に関する感想が中途半端だったように思えたので、俺は改めて二人に伝えた。

「二人とも凄く可愛いよ」

そう伝えた瞬間、ギュッと二人が抱き着いてくる。

早く会場に向かわないといけないのに、こうして時間を潰してしまうのも俺たちらしい

ということで、思う存分この瞬間を楽しませてもらおう。

「咲奈《さきな》さんは？」

「母さんは仕事だわ。でも早めに帰れるみたいね」

「そうなんだ……体調とか大丈夫そう？」

「え？　うん。今日の朝も凄く元気だったよ？」

「そっか」

……なら大丈夫か。

こないだ感じた微妙な違和感……ずっと気になっていたんだけど、元気だって言うなら

安心して良さそうだ。

「よし！　それじゃあ早速行くとしようか！」

「ええ！」

「うん！」

ということで、ようやく俺たちは歩き始めるのだった。

さて、新条家を出発して大分離れた後――そろそろ大会の会場でもある市民体育館が見

えてきた頃、俺は改めてチラッと左右に目を向ける。

（……サングラス一つでこうも変わるのか……凄いな）

咲奈さんが二人のために用意したサングラスをかけているわけだが、本当に目元が隠れるだけでかなり印象が違う。

ザ・出来る女というか、大人っぽさのレベルが跳ね上がっている。

さっきも視線を奪われた、二人の象徴でもあるスタイルの良さ……それは目元が見えずとも亜利沙と藍那の美少女っぷりをこれでもかと醸し出しており、道行く人々が一度は二人を振り向くほどだ。

そして、そんな二人に挟まれている俺が睨《にら》まれるのもまた必然……解せぬ。

「とうちゃ〜く！」

「市民体育館……こういう機会じゃないと来ないわね」

「だなぁ。もう始まってるみたいだし二階席の方に行こうか」

受付の人と言葉を交わした後、ようやく俺たちは中に入る。

その瞬間——俺にとってとても懐かしく、同時に中学時代を思い出す独特の空気が出迎えてくれた。

パシッ、パシッと竹刀《しない》によって齎《もたら》される音だけでなく、観客の声援……そして打ち込む瞬間の選手の声……その全部が懐かしい。

「隼人君隼人君」

「え？」

「凄く夢中になってるわね」

「……あ」

どうやら少し前のめりになっていたらしい。

確かに一瞬とはいえ二人が傍《そば》に居ることを忘れてしまった。並行して複数の試合が行われていて選手たちに夢中になっていたな……。

「ねえねえ、座って色々教えてよ」

「ほら隼人君。私たちの間に座って」

二人に手を引っ張られ、そのまま二人の間に座らされるのだった。

ちなみに大人の姿も多数見受けられるが、おそらく学校の部活単位で参加していると思われる人たちも少なくはなく……つまり何が言いたいかというと、人が多く盛り上がりが凄かった。

「ねえ隼人君」

「うん？」

「ちょくちょく選手の人たちの声は聞こえるけど、会場は結構静かなのね？　そういうものなの？」

「お、良い質問来ましたね亜利沙君！」

「あははっ、隼人君のテンションが上がりまくってるぅ！」

そりゃ上がりますとも！

質問をしてきたのは亜利沙だけど、藍那にも教えるように俺は忙《せわ》しなく交互に視線を移動させながら話していく……なんかちょっと興奮している気がしないでもないけど、二人が微笑《ほほえ》みながら見つめてくるので大丈夫なはず！

「剣道は礼儀を重んじるスポーツなのもあって、選手たちはみんなあんな風に技を繰り出す時以外は大体静かなんだ。ちなみに滅多《めった》にないことだけど、試合中に煽《あお》ったりしたら一発反則で敗退ってのもある」

「へぇ……かなり厳しいのね」

そう、剣道は結構……いやかなり厳しい部類だと思う。

まあ煽り行為というか普通は誰もがやらないことをすれば反則になるだけで、そういう奴《やつ》はそもそも剣道なんかやらないだろうし、実際に見たことはない。

「見てる俺らからすれば特に気にすることじゃないかな。選手が技を出して、それで三人居る審判がそれぞれ判定して結果が出る……剣道はその繰り返しだから」

「なるほど」

「……ふ～ん」

頷いて試合を眺めるのは亜利沙も藍那も変わらないけれど、藍那がボソッと呟《つぶや》く。

「あの時……隼人君が技を繰り出した瞬間と比べたら迫力ないね」

その言葉に俺はポカンとした後、どれだけ記憶に刻まれてるんだと苦笑する。

今でも選手たちがそれぞれの試合展開を繰り広げているが、そのどれもが大よそ剣道とはこういうものだというお手本のような試合であり、それは俺が入江《いりえ》君から一本取った時と何も変わらない……はずなんだけどな。

「それは私も思ったわね。もちろん今試合をしている人たちを馬鹿にするつもりはないけれど、隼人君のあの打ち込みを見てしまうとどうもね」

「亜利沙もか……」

あの時のことは二人とも興奮したように話していたっけ。

そこまで言われると自分の姿を客観的に見てみたい気分になってくる。また今度入江君と手合わせする機会があったらスマホででも録画して見てみよう。

「あ、見て見て」

「決まったわね。あ、一本だわ！」

「今度はあっちだよ姉さん！」

「睨み合ってるわね。どちらも全然動かないわ……っ！」

そうこうしていると二人がかなり試合に見入っている。

意識しているのかどうか分からないが、亜利沙と藍那が言葉を発する度に俺の手を握っている彼女たちの指に力が込められる。

決して痛いわけではなく、それだけ彼女たちが楽しんでくれていると思うと俺はとにかく嬉《うれ》しかった。

「……うん？」

そんな中、ふと俺は客席のとある集団の方へ目が向いた。

おそらくどこかの高校の剣道部であることは分かったが……その中に見覚えのある顔があった。

（あいつ……）

そいつは中学時代の同級生であり、同じ剣道部に所属していた男子だ。

ここ最近になって元カノだった佐伯然《さえきしか》り、不意の出会いが多いことから昔の縁というものは馬鹿に出来ない。

ただ、佐伯と違ってあいつは出来れば話したくもない相手なのは確かだ。

『よお堂本《どうもと》、お前両親居ないんだって？』

『寂しいお前を誘ってやってんのに何断ってんだよ生意気だな』

『両親居ないのってそんなに寂しいのか？　ねえねえどうなんでちゅかぁ？』

不愉快で耳障りな声がいくつも脳裏に蘇《よみがえ》っては消えていく。

嫌な記憶ではあっても別々の高校に行ってから会うことはなかったし、同級生ではあってもクラスは違ったので頻繁に顔を合わせることもなかった……けれど、やはり家族のことを色々言われたので嫌悪感はあったんだ。

（……たぶんずっと勝ち越していたのも原因の一つなんだろうな）

同じ部活だったからこそ勝負をすることはそれなりにあった。

でもその都度俺があいつに勝ったのもあって……思えばあいつが揶揄《からか》ってくる時は大抵試合をした後だった気もするし。

「隼人君？」

「どうしたの？」

黙り込んだ俺に気付いて亜利沙と藍那が心配してくれた。

俺は大丈夫だと彼女たちを安心させるために笑い、もうあいつと話すこともないのだから気にしないことにした……でも、大抵こういう場合何かしらの形で絡みが発生するような気がしないでもない……人はこうやってフラグを立てるのか？

いやフラグになってほしくないけどな⁉

「もしかしたらあそこに隼人君が居て、私と藍那……それに母さんが揃《そろ》って応援していた世界もあったのかしら」

「それも素敵だね♪　試合が終わった後、戻ってきた隼人君にこうやってギュッと抱き着くの。それで……お疲れ様、かっこよかったって言うの……きゃっ♪」

二人ともそんなもしもを想像してくれるのは凄く嬉しいんだけど……特に藍那さんお願いだからこの場で思いっきり抱き着いてくるのは少々周りの視線が痛いと言いますか……でもここで引き離そうとせず、俺は藍那の肩を抱くようにして周りに見せ付けた——まるで、彼女は俺だけの存在だと言わんばかりに。

「人前だもの。私は我慢するわ……でもね？　帰ったら覚悟してよ隼人君」

それは俺にとって嬉しい覚悟なのでは？

とはいえそう言った亜利沙も肩が後少しで引っ付くくらいにはさっきよりも距離が近くなっており、明らかに対抗心を燃やしている。

「……あの三人、どんな関係性？」

「二人は彼女……？」

「兄妹《きようだい》じゃね？」

「あんな可愛《かわい》い妹……もしくは姉？　羨ましいな……」

後ろに座っている人たちからそんな声が聞こえたかと思いきや、今度は藍那の方が更に見せ付けるようにもっと強く抱き着き……って亜利沙も肩が引っ付いちゃったよ。

「……リア充かよ」

「マジでどんな関係だよ」

「凄いねあれ」

「サングラスしてるけどあの二人凄く顔面整ってない？」

近くの人たちは試合よりも俺たちに注目してしまっているけど、これだけ人が居て知り合いが居ないのも珍しいが、それもまた剣道というスポーツがある意味で身近でないという証《あかし》なのかもなぁ。

「あ、隼人君！」

「あれ？　あの人って確か……」

「おぉ気付いたか二人とも」

客席には見知った顔は居ない……でも俺たちが見下ろしている先には居た——同好会という形ではあるが、剣道に興味を持った集まりである入江君たちの姿が。

「あれ……結構厳しそう？」

「……そうだな」

藍那の言葉に俺は頷《うなず》く。

今、入江君たち同好会メンバーは団体戦の試合をやっており……ほぼストレートで負けている模様だ。

俺と打ち合った入江君が少し善戦はしたものの、やはり経験者が相手ともなると初心者同然の入江君たちでは歯が立たなかった。

「あ、負けちゃった……」

「動きから全然違うのね。こうして見てみるとよく分かるわ」

二人から見ても入江君たちの試合は一方的に見えたみたいだが、彼女たちはこう言葉を続けた。

「でも楽しそうだね」

「ええ、やり切ったという感じで良い表情をしているもの」

そう、入江君たちは負けても楽しそうに笑っているんだ。

勝負事なので負けたことに対する悔しさが完全にないわけではなさそうだけど、それ以上に五人で揃って大会に出られたことが本当に楽しそうで、見ているこっちが微笑ましくなるほど。

（嫌なことを思い出したけど、やっぱりあんな風にみんなで楽しめるってのはいいもんだよなぁ）

あの充実感のようなものを剣道から感じる機会はもうないけど、日常の満足感や充実感は亜利沙や藍那の存在はもちろん、颯太や魁人たちのおかげで常に抱くことが出来ているんだなと思うと、やっぱり人との縁は大事にしていきたいと強く思った。

「二人とも、今日はありがとうな」

昔を思い出させてくれたことと、改めて大切なことに気付かせてくれたこと……そのことに対してお礼を口にした。

すると二人は一瞬目を丸くしたものの、頷いて同時に頰《ほお》へキスを……えっ⁉

「ふふっ、人前だけど嬉しくてしてしまったわ」

「うんうん♪　不意打ちの嬉しい言葉にはキスでお返しするよ～？」

「……ったく」

背後から聞こえてくる怨嗟《えんさ》の声には聞こえないフリをしつつ、それからの午前の部を俺たちは片時も離れずに観戦し続けるのだった。

そうして昼になり、午前のプログラムが終了した時点で俺たちは市民体育館を後にすることに――俺としては少し名残惜しいけれど、午前の間だけでも多くの試合を見られて満足だった。

「隼人君、本当に楽しかったわ♪」

「うん！　機会があったらまた一緒に見に行こうよ♪」

「ははっ、分かった！」

二人がそう言ってくれて俺は本当に嬉しいよ。

この場が公共の場でなければ、思う存分二人を抱きしめて逆に俺の方が二人にお礼を言いたい気分である。

「お腹空《なかす》いたしファミレスにでも行こうか」

「そうね」

「そうだね！」

取《と》り敢《あ》えず、剣道に関することはここまでだ。

ここから昼食を済ませた後、夕方まで二人とショッピングや遊びを楽しんで時間を潰すことになるだろう。

「けれど本当に良い機会に恵まれたわ」

「本当だよねぇ。興味あることが増えるのってとても楽しいし、それが好きな人に繋《つな》がることなら尚更《なおさら》幸せかも♪」

キャッキャワイワイといった感じで話す二人に俺は、さっきから微笑《ほほえ》んでばかりだ。

それこそ菩薩《ぼさつ》のように二人を見つめているのかもしれない。

「……また、こういう機会があれば良いな」

もう一度最後に市民体育館を見上げた後、二人に呼ばれて俺はすぐ隣に並んだ。

市民体育館からある程度歩いた場所にあるファミレスに向かい昼食を済ませ、これから何をしようかと話し合う。

「ショッピングも良いけどさぁ。あたし、ぱあっと歌って色々発散したいかも！」

「カラオケか……隼人君が良いなら別に構わないわよ？」

そこで俺が選択するだと……？

彼女たちとカラオケに行くのは初めてではないが、亜利沙がちょっとだけ音痴だということも知ってるし、本人がそれを若干気にしていることも知っている。

「亜利沙、一緒に歌おうか」

「あ……えぇ♪」

一緒に歌おう、その一言で亜利沙は一気に乗り気になった。

亜利沙のあまりにも分かりやすい変わりように藍那が笑い、そのまま俺たちは近くのカラオケ店へと向かうのだった。

ただ……そこで一つ問題が発生する。

「すみません。ただいま狭い個室しか空いてないのですが、主にお二人のお客様に案内する部屋ですので三人ですと少し……」

受付の男性店員が言うには既に広い部屋は埋まっているらしく、残っているのは狭い個室だけらしい。

「う〜ん、あたしは別に狭くても良いけどねぇ」

「私も構わないわ……むしろ」

「……うん？」

狭い個室、美少女と三人……ちょっと変な妄想をかき立てられる状況だ。

別に構わないと言う藍那はともかく、亜利沙が少しドキドキした様子で俺を見つめてきたので……たぶん彼女も俺と似たようなことを想像しているんだろうか。

「えっと……じゃあその個室でお願いします」

ま、まあ普段家で三人一緒に過ごすことが多いんだから個室でも変わらんよ！

利用するかしないかの最終決定を下したのは俺だが、妙に男性店員からの視線が痛いというか……そういう目を客に向けるのはどうなのさ。

「それではご案内しますね。お飲み物など、お決まりになりましたら呼んでください」

「はい」

「分かりました～」

そんなこんなで個室に案内してもらったけど……あぁうん。

思ってたより狭くはないと感じたが、それでも三人分の椅子を並べようとすると流石《さすが》に密集する形になる。

「お手洗いとかもそうだけど、外に出ようとしたらちょっと動いてもらうことになりそうね」

「そだねぇ。その時はその時かな！」

頑張れば出られそうだけど……それでも動いてもらった方が確かに出やすいか。

さて、こうしてカラオケに来たのだからやることは一つ――歌うことだ。

「隼人君真ん中で良い？」

「良いよ。つうか端っこって言ったら二人のどっちかが離れるから結局真ん中になると思ってたんだけど」

そう言うと二人は目を丸くし、すぐにクスッと微笑む。

「そうね。それは言うつもりだったわ」

「流石隼人君！　もうあたしたちのことで分からないことないんじゃない？」

いやたくさんある……あれ？　よく考えたら意外とないかも？

そうは思ったけど、俺は椅子に座りながらこう言った。

「確かに二人と出会った頃に比べたらたくさん知れたよ。でももっと細かいことでも俺に二人のことを教えてくれ。俺はどんな些細《ささい》なことだって知りたい……大好きな亜利沙と藍那のことだからさ」

「あ……」

「……隼人君♡」

さて！　良い感じに場が温まったところで歌いまくろうぜ！

俺に密着するように身を寄せ、どんな曲を選ぼうかと覗《のぞ》き込《こ》む二人。

「きょ、今日は私が最初で良いかしら？」

「お？」

「お～！」

恥ずかしそうに亜利沙がまず名乗り出た。

おそらく一番にまず歌って自分へのダメージというか、恥ずかしさを軽減したい思惑があるんだろうが……でも亜利沙の歌声、凄《すご》く好きなんだよな俺ってば。

リモコンを受け取り曲を選ぶ亜利沙。

俺はそっとこう伝えた。

「いつも思ってるし言ってることだけど、亜利沙の歌声は好きだぞ？　だから是非ともノリノリで歌ってくれ」

「……ふふっ、分かったわ！」

たとえ歌うのが苦手だとしても、こういう場だし俺たちしか居ないのだからその壁を突き破って楽しんだもの勝ちだ。

曲を選び終えた亜利沙が歌い出す。相変わらず所々音程は外しているが楽しそうだ。

「流石隼人君だね。いつもあたしも言ってることなんだけど、隼人君が言ったら姉さんは絶対こんな風にご機嫌になるから」

「まあせっかくこういう場所に来たんだからみんなで楽しみたいしな」

「そうだね！」

藍那と笑い合い、俺は亜利沙の歌に集中する。

俺は歌う時に基本立って歌うのだが、それは彼女たちも同じで現に今、亜利沙は立って熱唱している。

「〜〜♪〜〜♪」

繰り返しになるが確かに音程は外れている部分がある……でも、亜利沙の綺麗《きれい》な声質によって紡がれる歌声は心地よく、つい目を閉じて聞き入ってしまう。

亜利沙が歌い終わると俺はすぐさま拍手をした。

「いやぁめっちゃ良かったよ。聞き入ったもん俺」

「ありがとう隼人君♪」

「凄く良かったよ姉さん！　よ〜し！　次はあたしの番ね！」

そうして亜利沙と入れ替わるように藍那が立ち上がり歌い始めるのだった。

いつもなら藍那は身振り手振りを加えることで、さながらライブ会場で歌うかのようなパフォーマンスを見せてくれるのだが……流石にこの狭い個室でそれは披露されないのが残念で仕方なかった。

「いつも思うけど、こうして聴くと本当に藍那は歌が上手《じょうず》だわ」

「そうだなぁ。聴いてて凄く癒やされるよ」

俺は再び、歌声に聴き入るように目を閉じる。

藍那が歌っているのは少しアップテンポのアニソンだけど、もしもこれがスローなテンポのバラードとかだったら間違いなく寝てしまう自信がある……それくらい藍那の歌声は神秘的なんだ。

「はいおしまい♪」

「おおおお‼」

「流石ね藍那」

「えへへ〜♪」

満足げに藍那は座り、使っていたマイクが俺に手渡された。

さて……順番的に次は俺の番ということになる。既に曲は入れてあるが藍那の後というのは中々辛《つら》いものがあるが……ええい、ままよ！

「行くぜ！」

「いえ〜い‼」

「頑張って隼人君！」

いつの間にか二人ともタンバリンを手に持ち、盛り上げてくれる気満々だ。

そんな二人に良いところを見せたいというほどでもないが、俺も先に歌った二人に負けないくらい気持ちを込めて歌う。

「〜〜♪〜〜♪」

最近流行《はや》りの曲であり、テレビにもよく出るグループが歌う曲だ。

二人も知っているのでリズムを合わせるようにタンバリンの音が賑《にぎ》やかに響き、最後まで俺は楽しい気分で歌い切れた。

「ふぅ」

「お疲れ様、隼人君」

「最高だったよ♪」

その後もそれぞれが歌いたい曲を入れていくというういつものパターンだったが、俺は段々と狭い個室の中であることを意識する——それは二人の放つ甘い香りが俺の全身を包むような感覚だ。

少し休憩をしようということで曲選びをやめてすぐ、藍那がボソッと囁《ささや》く。

「この狭い部屋の中で三人……ちょっとドキドキするね♪」

「っ……ま、まあな」

耳元で囁かれたので少し肩が跳ねてしまい、俺の動揺は手に取るように藍那だけでなく亜利沙にも伝わっただろう。

「不思議よね。環境が変わるだけでそう感じてしまうのが……あぁ♪」

それから時間にして十分くらいだろうか？

二人は俺に引っ付いたまま体をモジモジと動かしたりするだけ……動きは控えめでありながら体の柔らかさを大胆に伝えてくる。

「さってと！　休憩はこの辺で良いかなぁ。それじゃあ続きを――」

藍那が俺から離れ、再び曲を選び始めたことで幸せな感触が一つ離れていく。

「……あ！　これ面白そう！」

「なんだ？」

「⁉」

面白そうってなんだ……？

入れられた曲は今日歌っていないバラード曲……でも画面が切り替わって映ったのは際どい恰好《かっこう》をしたお姉さんだった。

「まさかこれ……っ」

俺は画面に映るこれが何なのかについて合点がいった。

これはカラオケ内におけるシステムの一つで、一曲を通してエッチな映像が流れていく……それを全て見るためにはパート毎《ごと》で高得点を取っていく必要があるというものだ。

「ささ、隼人君頑張って歌って最後まで行ってみよっか！」

「って俺が歌うの⁉　藍那じゃないのか⁉」

「いやいや～ここは隼人君でしょ！　この曲、前に歌ってたよね？」

「そ、それはそうだけど……あぁもう！」

曲が始まってしまったことでやむなく俺は歌うことに。

ただ……彼女二人に囲まれた状態でエッチな映像を長く見るために、出来るだけ上手《うま》く歌わないといけないってどんな地獄なんだよ！

「ほら隼人君頑張って……っ！」

「わわっ……際どい衣装だね……」

二人とも顔赤くしてるんだが……。

とにもかくにも今の俺には歌うしか道はなく、しっかりと画面に映る歌詞を見ながら歌っていくのだが……やっぱり際どい姿のお姉さんが妖艶なポーズをしながらというのは集中力に欠けるし、何よりこの空間も相まって変な気分になる。

（エッチな映像といっても十八禁レベルじゃないのはもちろんだけど……にしても男を煽《あお》るような仕草ばっかじゃないか）

確かにこれはエッチな映像と言っても差し支えないだろう。

しかしながらこの映像は確かにドキドキはするものの、傍《そば》に亜利沙や藍那が居たのも大きいようで、心の動揺はそこまでだった……しかし。

（な、何してんの……!?）

亜利沙と藍那が……二人が俺の腰部分に頬《ほお》をくっ付けるように抱き着いた。

両サイドから挟み込むような姿勢で、更には腕も回すようにとにかく、くっ付いていたいという気持ちが伝わってくる。

「っ……！」

とはいえ、このような状況であっても歌うことをやめないのは変な使命感からだ。

俺は藍那のように歌が上手いわけではないので高得点を取り続けることも出来ず、この状況のせいで声が上擦るのもあって段々と点数は落ちていき……後少しで曲が終わるというところで、俺は大事な部分に刺激を感じた。

（ちょ、ちょっと⁉）

俺のそこに手を当てているのは藍那だった。

ただ彼女はジッと画面を見つめているので、これが意識したものかどうかは分からない。けれど、そのせいで俺は歌うことが出来なくなり曲はそこで終わってしまう。

「あ……」

「終わっちゃった……？」

そりゃ終わるっての！

相変わらず藍那に手で触られている状況……そっと俺が姿勢を崩すことで離れることを考えたのだが、それよりも早く亜利沙が藍那の手に気付く。

「…………」

そして何を思ったのか、藍那の手より内側に潜り込ませてきたじゃないか！

俺は何も言えず、咄嗟《とっさ》に亜利沙に目を向けたが彼女は顔を赤くしたまま俺を見上げるだけ……そして藍那も同じように俺を見上げるだけ。

「……お、終わっちまったわ！」

曲が終わったことで、俺はスッとその場に勢いよく座り二人の手を退《ど》かす。

それでも俺たちを包む妙な空気はそのままだし、何より亜利沙と藍那はこの雰囲気に突き動かされるように俺の頬へ顔を近づけてキスをしてきたではないか。

（……あかん……これあかんって！　ちょいエッチめの映像がトリガーになったことはあるだろうけど、たぶんこの個室の中に漂う雰囲気がそうさせてるのか……っ！）

二人はキスするだけでなくそっと耳元で俺の名を呼ぶ。

「隼人君♡」

「隼人君♡」

甘く蕩《とろ》けるような声色に心臓が大きく跳ね、俺の中の何かがこの雰囲気に便乗しろと声高に叫ぶ。

（俺は……俺は……）

二人に熱っぽく見つめられ、俺もかなり危ない思考に陥りかけていたのだが……そんな俺を押し止《おとど》めたのが一応この場所がカラオケ店であり、そして改めて自分の考えを見つめ直したのである。

俺はこの流れを断ち切るように、二人のことを強く抱きしめた。

「隼人君？」

「……？」

二人を両腕で抱き寄せ、そのまま何をするでもなくただジッと抱きしめるだけだ。

「……今はこれで許してくれ二人とも」

二人が求めていること……そんなの分かり切っている。

高校生でそういうことをするというのは別に珍しいことじゃないだろうし、何を気を付けなければいけないかも分かっているつもりだ。

でも……その万が一があった時に大変な思いをするのは彼女たちだ。

これでは俺が煮え切らないだけだし、彼女たちのそういった気持ちに応えようとしない不出来な彼氏の烙印《らくいん》を押されるかもしれない……でも！　それでも俺はもう少しだけ彼女たちに待ってほしいんだ。

どんなことがあっても、どんなハプニングや予想外の出来事があっても責任を取れるようになるまでは！

「……ふふっ、隼人君ったら固まっちゃって」

「あはは♪　でもあの映像はちょっと凄《すご》かったねぇ」

亜利沙と藍那は俺から離れないけれど、俺の様子から雰囲気をいつも通りに戻してくれた。

「ていうか暑いなちょっと。アイス頼もうぜ」

「いいわよ」

「そうしよ！」

火照《ほて》った体にはアイスが一番だからな！

その後、店員さんが持ってきてくれたアイスを食べて体を冷やす……そこからはいつも通りのカラオケ風景が再び訪れ、俺たちはとにかく歌いまくるのだった。

▼▽

「今日は楽しかったわね」

「本当に楽しかったぁ!!」

夕方になり、俺たちは三人揃《そろ》って帰路に就いていた。

カラオケの後はショッピングなんかを楽しんだりして気付けばかなり時間が経《た》っていた。

俺としてはあのカラオケでの出来事が一番インパクトが強かったものの、それでもこうして楽しんだ後は彼女たちと笑いながら帰る瞬間……この一時が最高の瞬間なのは言うまでもない。

「……？」

ふと、俺はよく分からない胸騒ぎをまた感じた。

嫌な予感というか不気味さ……か？　とはいえ決してそのようなものを感じていることはおくびにも出さなかったが。

「ただいま」

「お母さん帰ったよ～」

新条家に入った時、いつもなら出迎えてくれるはずの咲奈さんが居ないことに俺は違和感を抱くと同時に、あの胸騒ぎをこれでもかと強く感じた。

「……咲奈さん……っ」

その胸騒ぎに突き動かされるように急いでリビングに向かった時——咲奈さんが床に倒れていたんだ。

「……母さん？」

「え……お母さん？」

倒れている咲奈さんが誰かの姿と重なる……それは忘れようもない母さんが病気で倒れた時の姿だったのだ。

「……母さん！」

決して意識していなかったが俺は咲奈さんのことを反射的にそう叫んでいた。

どうやらまだ一日は終わりそうにない……考え得る限りの最悪の形として、俺たちに試練を与えたようだ。

五、その母性は圧倒的で濃厚

「……ふう」

俺は咲奈《さきな》さんの部屋の前で小さく息を吐いた。

リビングで倒れている咲奈さんを見つけた後のことだ――亜利沙《ありさ》が咄嗟に動いて救急車を呼び、すぐに咲奈さんは病院へと運ばれた。

ただ幸いにも咲奈さんは重い病気とかではなく、疲労と質《たち》の悪い風邪が重なった結果とのことで、検査と一緒に点滴を打った咲奈さんは今日の内に自宅に帰ることが出来た。

「……母さんか」

つい、自分でも意識することなく倒れた咲奈さんを見て母さんと叫んでしまった。

あの時の俺……どんな顔をしていたんだろうか。

かつての記憶がフラッシュバックするほどだったし、亜利沙と藍那《あいな》が気付いていたかどうかは分からないけど、たぶん泣きそうな顔をしていたんじゃないかな。

「でも咲奈さんは無事だった……それでいいじゃないか」

そう、咲奈さんはとにかく無事だった！　だから大丈夫なんだよ俺！

強くそう自分に言い聞かせ、俺はノックをしてから部屋の中に入った。

「いらっしゃい隼人《はやと》君」

「あ……」

ちょうど体を起こす咲奈さんが俺を見つめている。

顔色の悪さを除けばいつも通りの咲奈さんで安心出来たけど、やっぱり俺からすれば母さんのことを強く思い出してしまう。

「……本当に大丈夫ですよね？」

俺の言葉に咲奈さんはクスッと微笑《ほほえ》んで頷《うなず》いた。

「ええ、大丈夫ですよ」

……本当に大丈夫そうだ。

「……ごめんなさい隼人君。あなたにも心配をかけてしまって」

「いえいえ！　咲奈さんが無事だったので全然良いんですよ！」

肩を落とした咲奈さんに気にしないでくれという意味も込めて俺はそう言う。

さっき、確かに笑顔を浮かべてくれたのに暗い表情だ……俺は咲奈さんのこんな顔は見たくない……でも、流石《さすが》に今日はもう無理かもしれないな。

働きすぎだとか、何があっても一週間は休めって亜利沙と藍那に口酸っぱく言われたみたいだし、早く快復してくれるのを祈りつつ俺は退散しよう。

咲奈さんに早く良くなってくださいと伝えた後、リビングに向かうと早速亜利沙と藍那が食事の準備を始めていた。すぐに切り替えてテキパキ動けるのは流石だなと思う。

「ビーフシチューでも作ろうかしらね」

「良いねぇ。お母さん食べれるかな？　無難にお粥《かゆ》の方が良いと思う？」

「そうねぇ……食べられるとは思うけど、薄味で作りましょうか」

「了解！」

迅速でありながらも温かな姉妹のやり取りにホッコリする。

俺自身も何かしたいと思ったので、帰ってきてからバタバタしてたせいで出来ていなかったであろうお風呂の掃除を名乗り出た。

「風呂の掃除してくるよ」

「ありがとう隼人君」

「お願いするねぇ！」

こういう時、何かをしていないと落ち着かないのだが……こうやって進んで何かをしようと動ける人間で良かった。

　自分の家の風呂場とは違うけど掃除の仕方に違いがあるわけでもないので、俺はふぅっと気合を入れ、しっかりと浴槽内を擦《こす》って汚れを落としていく。

「いつも以上に気合入っててね？」

　普段、家で掃除する時より腰を入れてるし擦る力も強い気がする……もしかしたら、咲奈さんが倒れたということに対する動揺が思った以上にあって、それで気を紛らわせようとしているのかもしれないな。

「よし、こんなもんだろ」

　ピッカピカになった浴室に満足し、二人が居るリビングに戻った。

　先ほど話をしていたようにメインはビーフシチューらしいが、咲奈さんのためにお粥も作るらしい。

「あ、おかえり隼人君」

「あぁ。最高に綺麗《きれい》になったぜ！」

　グッと親指を立てて俺は綺麗にしたアピールをするのだった。

　夕食の下準備ももうすぐ終わるとのこと……なのでお風呂を先に済ませてしまおうとなり、また一番風呂を頂いた。

また以前のように……それこそ水着を装備して再び突撃してくる可能性も僅かに考えはしたが、流石に今日はそんな出来事が発生することはなく、これ以上ないほどにゆっくりと入浴を満喫した。

「上がったよ」

「は～い。じゃあ次はあたし入ってくるね」

入れ替わるように藍那がリビングを出ていった。

じっくりことことシチューを煮込む亜利沙の隣に並び、鼻孔をくすぐる香ばしい匂いを楽しむ。

「美味《おい》しそうだな」

「自信はあるわよ？」

ニヤリと挑戦的な笑みを浮かべた亜利沙。

まあ新条《しんじょう》家の女性陣が作る料理が絶品というのは知っていることだけど、こんな風に亜利沙が笑うのは珍しいかもしれない。

「自分だけが食べるならともかく、隼人君や藍那……それに母さんにも食べてもらおうと思ったら自然と美味しく作ろうって気合が入るものよ」

それはきっと、俺と知り合う前もそうだったんだろうな。

彼女たちと並んで料理の手伝いをする際に、俺はそこまで考えるかと言われたら少し首を傾《かし》げてしまうけれど、ずっと昔……それこそ覚えたての知識で母さんのために簡単な卵焼きなんかを作ろうとした時、美味しいって言ってほしい気持ちが強かった。

「料理をする時、愛情は何よりのスパイスって言うもんな。普段の料理はもちろん、弁当があんなにも美味しいのも納得だよ」

「そうねぇ。私たちの愛情、これでもかというぐらい詰まってるから♪」

亜利沙と藍那、そして咲奈さんが弁当を作ってくれるようになって大分経つ。

その中で俺はこの味が飽きたとか思ったことはないし、食べる度に幸せすぎて最高だという感情が溢《あふ》れてくるのもいつも通りだった。

「隼人君」

「うん？」

「藍那が上がるまでもう少しかかるだろうし、シチューの方も置いておいて問題ないから少しお話ししない？」

「話？　全然良いけど」

亜利沙は料理の手を止め、俺の手を取った。

そのまま二人してソファに座り、少しだけ無言の時間が流れる……話したかったんじゃなかったのか？　そう言いたくなるが口を挟むのも野暮《やぼ》な気がした。

でもそれも一瞬のことで亜利沙はそっと口を開く。

「私……思った以上に取り乱してしまったわ」

取り乱してしまった……それは倒れている咲奈さんを見た時のことだろう。

「いやいや、全然仕方ないことだろう？　誰だって家族が倒れてたらあんな風になるってもんだ」

「…………」

「むしろ亜利沙は立派だったと思うぞ？　すぐに救急車を手配するように動いたんだから……俺はただ、声を出して駆け寄ることしか出来なかったし」

そう……あの状況においてすぐに動けた亜利沙は誰よりも立派だった。

別に咲奈さんに駆け寄るだけだった俺や、呆然《ぼうぜん》としていた藍那が悪いなんて言うつもりはない……あの場において、悪い人なんて誰も居なかったんだから。

「無我夢中だったわ。私にはどうしようも出来ないから、お医者様に助けを求めるしかないってそれだけしか頭になかったもの」

「それでもだよ。亜利沙はとても立派だった」

彼女を励ますように、長い黒髪をそっと撫《な》でる。

相変わらずのサラサラな手触り……藍那もそうだけど、どうして女性の髪ってこんなに触るとクセになるんだろうか。

「っとごめん」

「謝らなくて良いわ。隼人君に撫でられるの大好きだもの」

「……ならもう少し撫でていて良いか？」

「もちろんよ。もっともっと撫でてちょうだい」

亜利沙が愛《いと》おしくて……そして同時に何があっても大丈夫だと安心させたくて彼女の頭を撫で続けた。

そして、亜利沙が突然次は俺の番だと言い出した。

「俺の……番？」

「そうよ。ほら隼人君、私の胸に顔を埋《うず》めて甘えてもらえる？」

「……えっと」

いきなりそんな提案をされても困るんだが……けれど、そっと頰《ほお》に添えられた手に従うように……俺は亜利沙の胸元に顔を埋めた。

今の彼女は私服だ——柔らかなニットの感触が更なる弾力を演出してくれるかのように、俺の顔面を優しく受け止めてくれる。

「……う〜ん」

「ふふっ、可愛《かわい》い隼人君♪」

この弾力をもっと堪能したい……俺はもっと味わいたいと言わんばかりに顔面に当たる二つの柔らかさに潜り込んでいく。

それはまるで伸び伸びとした気持ちで大海を泳ぐような清々《すがすが》しさがあった。

女性の胸には母性と夢が詰まっているとはよく聞くけど……本当に無限大の夢が詰まっているんだなと改めて確信を持った。

「隼人君に対してこうすること自体は珍しいことじゃないわ。いつだって隼人君には触れてもらいたいと思っているし、逆に触れたいとも思っているから」

「うん」

「でもね？　隼人君気付いてた？」

「何を？」

次に続く言葉、それは全く予想していない言葉だった。

「母さんが倒れた時から今もずっと……隼人君、泣いてるのよ？」

「っ⁉」

泣いてる……？　俺が……？

今の俺はきっとポカンとしているはず……目を丸くし、君は一体何を言ってるんだと亜利沙に対し懐疑的な目を向けているに違いない。

天国のような温《ぬく》もりと柔らかさの中から顔を離し、俺は指で目の下をなぞる……ほら、涙なんて全然流れてないじゃないか。

「ごめんなさい。物理的なことというか……そういうことじゃなくて、あなたの心が泣いているような気がしたの」

「俺の心……？」

心が泣いている……それこそ意味が分からなかった。

でも……俺は頭ごなしにそんな意味の分からないことを言わないでくれだとか、もっと分かりやすく嚙《か》み砕《くだ》いて説明してくれとも言わない。

その理由はもしかしたら、亜利沙の言葉の意味がどこかで理解出来てしまったからなのかもしれない。

「今から話すこと、不愉快に思ったら止めてほしいの」

「……大丈夫だ」

「本当に？　私、あなたに嫌われたくないわ……なら口を閉じれば良いって話になるのだけど、大事なことだと思うから」

亜利沙の瞳に不安が色濃く浮かぶ。

それを見た時、俺は安心させるようにクスッと微笑《ほほえ》んだ。

「是非言ってくれ。そもそも俺が亜利沙を嫌うわけないだろ？　もしも亜利沙を嫌う俺が居たらそいつは俺じゃない。俺の皮を被《かぶ》った偽物だって思ってくれ」

「……ふふっ、そうね。そう思うわね♪」

ようやく亜利沙も安心したようで、どうして俺の心が泣いていると思ったのかを教えてくれるのだった。

「母さんが倒れているのを見た時、私と同じくらいに隼人君は血相を変えて母さんのもとに駆け寄ったわ」

「そうだったね」

「あの時、私は聞こえていたの――隼人君が母さんって、まるで本当の母親を呼ぶかのように口にしたのを」

「……あぁ。俺もちゃんと覚えてるよ」

むしろあの時のことが恥ずかしくて、聞かれてないと思って安心したくらいだ。

でも聞かれてたのか……そうか……そうかぁ……っ！

羞恥に顔を赤く染めて下を向いた俺の背中を撫で、亜利沙は言葉を続けた。

「隼人君のお母さんが病気で亡くなったことは聞いたわ。もしかしたら、その時のことを思い出してしまったんじゃない？」

それは……正にドンピシャな言葉だった。

あの時、母さんと呼んでしまったこと……そしてあそこまで不安になってしまったのは間違いなく過去の記憶を刺激されたから……それについては俺自身、自覚があったので素直に頷《うなず》く。

「間違いない……かな。母さんが倒れた時のことを思い出して……それで居なくならないでくれって気持ちが溢れ出したんだろうな」

「……そうだったのね」

他人の母親と自分の母親と重ね合わせる……それが間違っているかどうかはともかくとして、母親のように思ってくれて良いと咲奈さんが今まで言ってくれていたことが多分大きいんだと思うんだ。

「それで心が泣いてる……か。分からないでもないな、言われてみると……思った以上に元気そうでホッとしたのは間違いないけど、実際に大丈夫だって言われるまで不安で仕方なかったほどだし」

「隼人君のことはもう何でも知ってるもの♪　何となくそんな感じなんだろうなとは思っ

たのよね」

「……凄《すご》いな亜利沙は」

「あなたの彼女であり、将来は召使いのように傍《そば》に居たいから当然よ♪」

「あはは……そっか」

亜利沙はいつも大好きだと伝えてくれるんだけど、ふとした時に俺のメイドさんになりたいとか隷属願望をボソッと呟《つぶや》くことが多い。

まあそれももう慣れてきたんだけど。

というより亜利沙がそう思えば思うほど傍に居てくれるということなので、少しだけ自身の中の汚い感情に従うならば、もっと俺のために生きてほしいだなんてことも考えてしまうことも少なくないんだ。

「藍那……ちょっと長いわね」

「だな」

「まったくもう……きっと安心して長く温まってるのね」

「……なあ亜利沙。こういうことがあったからなのか、藍那の身にも何かあったんじゃないかってちょっと不安になるぞ俺は」

「藍那は大丈夫よ」

おぉ……キッパリ大丈夫と言い切ったな。

でもそうか……咲奈さんが倒れた時の俺の表情から亜利沙はそこまで察して、それでずっといつ話そうかと機会を窺《うかが》っていたのかもしれないな。

「亜利沙、ありがとな」

「え？」

「咲奈さんのことは俺よりも亜利沙たちの方が気になって仕方ないはずだ。でも君は俺の表情から色々察して心配してくれた……だからありがとう亜利沙」

そう言うと亜利沙は目を丸くしたものの、すぐにクスッと微笑んで頷いた。

そして——亜利沙はまだ俺に言いたいことがあったらしく、さっきと同じように俺を抱きしめるようにして言葉を続けた。

「隼人君は覚えている？　私と藍那が随分前に、私たちの愛に溺れてって言ったことを」

「あ、あぁ……」

溺れて……その言葉を忘れたことはなかった。

俺は亜利沙と藍那を愛しているのはもちろんだけど、二人の愛に……優しさに溺れたいと思い、この愛の沼に自ら入り込んだのだから。

とはいえ、しばらく忘れていたこの感覚……背中をゾクゾクとさせ、思考さえもからめ取ろうとしてくる妖しい彼女の声。

「私と藍那の愛は変わらない……それは自信を持って言えるわ。どれだけの時が経《た》とうともこの想《おも》いは色褪《いろあ》せることなく、いつまでもむせ返るほどの濃厚さであなたを包み込むのだから」

「…………」

ごくっと唾を飲み込む。

あぁ……本当に忘れていたよ――この感覚、この心地よさ、この温かさ……この怖さを俺は忘れていたんだ。

ここは……新条家は女郎蜘蛛《じょろうぐも》たちの住まう家だったんだ。

「隼人君」

「っ⁉」

耳元で彼女の囁《ささや》きが響く……それだけじゃない。

彼女の吐息が確かな感触となって俺の耳を撫で、そして侵入してくる。

「私、嬉《うれ》しかったわ。隼人君をからめ取るのは私と藍那だけじゃなく、母さんもそうなのね？」

「……あ」

「母さんの場合は恋愛とかそういう意味ではないけれど、隼人君の心を埋める存在であり、隼人君の求める拠《よ》り所《どころ》でもあるのね」

「それ……は……」

咲奈さんも亜利沙や藍那と同じく俺が求める拠り所であり、俺の心を埋めてくれる存在である……それを否定することが出来ず、逆にそうであるならそれもまた大きな幸せだと俺は感じた。

「隼人君、忘れないで――私たちは隼人君を未来永劫《みらいえいごう》にわたって愛し続けることを。決して悲しませたり不安にさせたりなんてしない……だからどうかもっと、もっともっと私たちの愛に溺れて？」

愛に溺れて……その言葉を聞いたのもまた久しぶりだったが、俺の心が歓喜に震えるだけでなく亜利沙のことを強く求めたのも仕方なかった。

「亜利沙……っ」

「あ……隼人君」

亜利沙の抱擁を抜け出し、俺は彼女をソファの上に押し倒す。

頰《ほお》を赤く染めて俺を見つめる彼女……僅かに服が捲《まく》れてしまい、その下に隠されている真っ赤な下着がひょっこりと顔を出す。

ドクンドクンと凄《すさ》まじく心臓が音を立てて脈打つ中、扉の向こうから物音が聞こえたので俺は即座に亜利沙から離れた。

「ただいま〜！　良いお湯だったよん♪」

「あら、やっと戻ってきたわね」

「ごめんごめん！　安心したのと気持ち良さでつい長湯しちゃった♪」

にんまりと笑顔の彼女に、俺と亜利沙は顔を見合わせて苦笑する……ただ、俺と亜利沙の間に何かあったのを察したかのように、藍那はむむっと怪訝《けげん》そうな顔をして近づいてきた。

「……くんくん」

傍に来た藍那は俺の体の匂いを嗅ぎ、次いで亜利沙の匂いも嗅ぎ……一体彼女は何をしているんだ？

「なるほどねぇ。姉さん、お風呂入ってきなよ」

「なんなのよ……ええ分かったわ。それじゃあ入ってくるわね」

今度は亜利沙が風呂に入り藍那と二人っきりだ。

いつもならこういう状況になると飛び付いてくる藍那でも、流石《さすが》に今日は色んなことがありすぎて疲れているらしく、ソファに深く座り込んで息を吐《つ》く。

「今日は流石にイベント盛り沢山すぎだよぉ……楽しいことも大変なことも一気に押し寄せちゃってさ」

「確かになぁ……よしよし」

「くぅ～ん♪」

表情に疲れが見える藍那の頭を撫《な》でてあげると犬のような鳴き声を出した。

「はっはっはっ！」

「……何をお求めですかね」

可愛《かわい》い鳴き声だけかと思いきや、まるでもっともっと強請《ねだ》るような仕草に俺の中の何かが刺激される……くぅ！　こんな美少女から犬の真似《まね》をしながら甘えられてみろよ……そんなの危ない空気になっちゃうっての。

「……ありがとう隼人君」

「え？」

コトンと、俺の胸元に額を押し付けてお礼を口にした。

何に対するお礼なのか一瞬分からなかったけれど、おそらく咲奈さんに関することかなと察した。

「倒れてた母さんを見た時、あたしは何も出来なかった……目の前の現実が受け入れられなくて、情けないことにこれは夢なのかなって思ったほどだもん」

「……いや、仕方ないだろあの状況では。誰だってそうなるよ」

肉親のあんな姿を唐突に見たら唖然《あぜん》とするはずだし、頭の整理が追い付かなくて藍那みたいに対処出来ないことも少なくないはず……むしろ、あの状況で咄嗟《とっさ》に動けた亜利沙があまりにも立派だったんだ。

だからといって藍那が立派じゃないなんて言うつもりはなく、むしろあれが普通なんだと彼女を励ます。

「大丈夫、咲奈さんは無事だった。だからそんな顔をせずに笑おう」

「隼人君……うん♪　やっぱり……やっぱり隼人君が傍に居てくれて良かった！」

「おうよ。いつだって傍に居るから安心してくれていいぞ？」

「安心するぅ！」

よし……藍那もいつも通りの雰囲気を取り戻してくれたな。

一応既に食事の用意はある程度済んでいるようで、亜利沙が風呂から上がってくればそのまま夕飯の時間になるわけだが……やはりと言うべきか、藍那は亜利沙とどんな話をしていたのか気になるようだ。

「あ〜……まあなんつうか、咲奈さんと母さんの姿が重なってさ。それでちょっと昔の記憶が刺激されたことなんかを話したんだ」

「そうだったんだ……隼人君は大丈夫なの？　あたしは今こうして慰めてもらえたけど、ちゃんと姉さんは隼人君を慰めてくれた？」

「これでもかってくらいに慰めてくれたよ」

そのおかげでこうして笑っていられるんだから俺は。

その後に押し倒してしまったことは流石に言えなかったけど、藍那もまた俺を慰めようと考えたらしく体を離して腕を広げた。

「おいでよ隼人君。今度はあたしにも慰めさせて？」

「…………」

これはあくまで俺の個人的見解というか気持ちなんだけど……女の子が慰めさせてって言うと、とてつもなくエッチな響きに聞こえるのは俺の心が汚れているという解釈で良いのかな……うんきっとそうだ、そうに違いない。

「ほらおいで？」

「……うっす」

ということで俺は亜利沙にした時と同じようにその胸元にダイブした。

もちろんダイブと言っても飛び付くような危ないことはせず、ゆっくりと顔を近づけた段階でそっと藍那に抱き留められる。

「よしよし」

頭を撫でてくるのもまた亜利沙と同じ……とても落ち着く。

もしも表情だけを切り取られたならば、きっと今の俺は目を細めて気持ち良さげにしているること間違いなしだ……いやはや、亜利沙にこうされた時も思ったけど本当に天国のような気持ち良さである。

「上がったわよ」

「は～い♪」

しばらくして亜利沙も風呂から上がり、ようやく俺たちは夕飯の時間を迎えるのだった。

「あたしがお粥《かゆ》を持ってくよ。もし起き上がるのが辛《つら》そうだったら食べさせるから、隼人君と姉さんは先に食べてて」

「良いのか？」

「うん。それじゃあ行ってくるね」

俺もその役目を担いたいところではあったけど、咄嗟に動いた亜利沙の代わりに今度は自分がと言った藍那の言葉には流石に頷《うなず》くしかなかった。

でも寝る前に少しで良いから俺も咲奈さんと話がしたいかな。

「たぶん普通に食べられる状態でも藍那はすぐには戻らないわね」

「あ、亜利沙もそう思ってたんだ？」

「ええ。きっとしばらく話し込むでしょうね……母さんもたぶん、藍那を安心させるためにそれに付き合うでしょうし」

「それは……あぁ、でも咲奈さんのことだし限度は考えるか」

「そうね。だから心配は要らないわ」

亜利沙が大丈夫って言うなら大丈夫だな。

それから食事を再開したが亜利沙の言った通りになり、藍那が戻ってきた頃には既に俺の方は食べ終えていた。

「ただいま」

「おかえり。どうだった？」

「あはは……ごめん話し込んじゃった」

「分かってたから良いわよ。その様子だと母さんは思ったより元気そうね？」

「うん！　まだ安心するには早いけど絶対大丈夫だよ！」

二人のやり取りにほっこりし、間接的に俺も安心する。

こうやって亜利沙と藍那が笑顔で会話をしているだけでも俺にとっては凄《すご》く幸せな時間

でもあり、ずっと見ていたい景色でもあるんだ。

「……笑顔の二人を見てるとマジで安心出来るよ。俺も後でちょっと声を掛けようかなって思ったけど、その様子なら必要は――」

「あるわよ！」

「あるよ！」

「ちょちょちょちょちょ近いから近いから！」

瞬間移動したかのようにスッと俺の前に二人は立ち、そんなことはないからと俺の言葉は完全に否定されることに。

「母さんはきっと隼人君の声を聞いただけでも元気になるわ！」

「そうだよ！　チラッと覗《のぞ》いて声を掛けるだけでもしてあげて！」

「あ、はい……はい！」

そ、そこまで言われたら分かったよ、絶対に声を掛けるから！

二人の言葉の勢いは強かったものの、俺の判断に任せるとのことで別に強制しようとは思ってないようだ……まあ、そうしてほしいという願いの範囲だな。

「じゃあちょっと見てくるよ」

「ありがとう」

「いってらっしゃい」

二人に見送られて咲奈さんの部屋に向かう。

「咲奈さん、少し入っても大丈夫ですか？」

「隼人君ですか？　全然構いませんよ」

扉を開けて中に入ると、ベッドの上で横になっている咲奈さんが目に入る。

まず顔色が良かったことに安心したし、いつもの笑顔で出迎えてくれたことが更に俺を不安から解き放ってくれた。

「藍那から大丈夫そうって聞きましたけど、しんどいとかはないですか？」

「はい。おかげさまで随分と良くなったと思います……ただ、熱はまだ少しあるのであまり近づかないでくださいね？」

「分かりました……」

「……あ、あの！　近づかないでというのは決して嫌という意味では――」

「分かってます！　分かってますから！」

少し言葉が弱々しかったのはそんな勘違いをしてしまったとかではなく、普通にちょっと寂しかったというか……だから俺は起き上がろうとした咲奈さんの肩に手を置く。

「その……少し寂しいと思っただけです。だから大丈夫ですよ」

「あ……うぅ」

咲奈さんは照れ臭そうに掛け布団で顔を隠してしまった。

（……めっちゃ可愛いんだけどこの人）

こういう時にこういうことを考えるのは不謹慎だよなぁ……でも思っちゃったんだから仕方ない。

そんな咲奈さんの様子に釣られるように俺まで恥ずかしくなってしまい、コホンと咳払《せきばら》いをして視線を逸《そ》らす。

「すみません……おそらく風邪を引いて心が弱くなってしまっています。その……隼人君の言葉一つでこんなに照れちゃうなんて……ふふっ、困ってしまいますね」

「……可愛すぎだろ」

「か、かわっ⁉」

あ、今度は頭まで隠してしまった。

そんな咲奈さんも可愛い……じゃなくて！　俺ってこんな風に軽はずみに可愛いって言いまくる軽い奴《やつ》だったっけ……？

でもこれは仕方なくないか⁉

だって本当に可愛いんだから……流石《さすが》あの二人の母親だぜ……っ。

っっっ

「……うん？」

咲奈さんのことが可愛《かわい》い……そう思っていた俺だが、すぐに後悔することになる。

どうやら咲奈さんの体温が上がったのか、布団を被《かぶ》ってしまっている状態でも分かるほど呼吸が荒くなっていることに気付いたのである。

「ごめんなさい咲奈さん……ちょっと話しすぎましたね」

「……いえ、隼人君のせいではありませんよ」

咲奈さんは布団から顔を出してニコッと微笑《ほほえ》んだが、明らかにさっきよりもしんどそうな表情だ。

これじゃあ亜利沙と藍那にも申し訳が立たないと思い、すぐに出ていきますと声を掛けて扉へと向かう……のだが。

「あ……もう行っちゃうんですか？」

「うぐっ……」

あの……俺のせいでそうなったんだから呼び止めないでくれませんか？

『良いじゃねえかよこのまま傍《そば》に居てやろうぜ！』

『ダメだよ病人なんだからしっかり休ませないと！』

『あ？　なんだてめえこのちんちくりんがよ！』

『乱暴者め！　お前になんて負けないぞ‼』

俺の中で天使と悪魔が喧嘩《けんか》してやがる……っ！

脳内で騒ぐ良い奴と悪い奴、両方を取り敢《とあ》えず頭の隅に吹き飛ばし、咲奈さんの縋《すが》るような視線に負けずドアノブに手を掛けた。

「残念ですけどもう行きます。咲奈さん、何かあったらすぐに呼んでください。それと明日も夜まで居るつもりなんで安心してください！」

「隼人君……はい♪」

そのやり取りを最後に部屋を出た俺はふぅっと息を吐く。

たった数分間のやり取りだったはずなのにこの疲労感は一体……でも思った以上に元気そうで良かったな……俺が原因で症状が悪化してしまったら最悪だが……う〜ん大丈夫かなぁ？

「……戻ろっと」

結局のところ、俺には咲奈さんが早く回復することしか祈れないんだ。

後ろ髪を引かれる気持ちではあったが亜利沙たちのもとに戻り、咲奈さんと少し話をしすぎたことを謝ったけど二人は怒らず逆に笑ってくれた。

「何となくそうなる気はしてたもの、大丈夫よ」

「そうだね！　ってたぶんあたしが長く居たのも原因かも……」

「……いや俺だわ」

「ううんあたしだよぉ……」

ずーんと気落ちしたように俺と藍那は揃《そろ》って部屋の隅に移動した。

「やれやれ……何してるのよ二人とも」

たぶん今の俺たち……どんよりとした黒いオーラを纏《まと》っていそうだ。

でもそれくらいにお互い自分の気持ちを優先するあまり、咲奈さんに無理をさせたんだと自己嫌悪に陥っている……はぁ。

「はぁ」

「はぁ……」

心の中だけでなく実際にため息が出てしまったがそれは藍那も同じようだった。

「ほら、ため息を吐《つ》くとそれだけ幸せが逃げていくわよ。隼人君も藍那もしっかりしなさい」

バシッと結構強く背中を叩《たた》かれた。

「おぉ……気合入ったわ」

「確かに……でもちょっと痛くなかった？」

うん、ちょっと痛かったね。

ただまあ今の一撃で俺たちを覆っていた黒いオーラは吹き飛んだはず……そこからは俺たちも疲れが溜《た》まっていたのもあって寝ることにした。

向かう先は藍那の部屋で、またここに布団を敷いて三人仲良く川の字で横になる。

「電気消すね？」

「あぁ」

「ええ」

「…………」

「…………」

「…………」

チラッと左を見る――亜利沙が天井を見つめていた。

チラッと右を見る――藍那が天井を見つめている。

(二人とも寝ないのか……？　まあすぐに眠くなるとは限らないけどさ)

それか色々あったから振り返っているのかもしれない。

振り返ると言っても大会の見学とその後のちょっぴり……どころじゃなくて凄《すさ》まじいほどのエッチイベントとショッピングだけど、帰ってきてからのことがあまりにも衝撃的すぎた。

（咲奈さんが無事で本当に良かった）

別室で眠る咲奈さんのことが気になってしまうけれど、俺が気にかけても風邪が治るわけもなく……こればかりは快復を待つしかないな。

「すぅ……すぅ……」

ふと寝息が聞こえたので右側……藍那の方へ視線を向けると彼女は寝ていた。

さっきまで確かに目を開けていた彼女だけど、流石にやっぱり疲れは溜まっていたようだ。

俺はそっと手を伸ばし、藍那の頭を撫《な》でておやすみと口にする。

「おやしゅみぃ……」

「……可愛いなおい」

可愛い寝言に苦笑したが、亜利沙は起きているのかな？

「あ……」

「ふふっ、どうしたの？」

亜利沙は起きていた。

俺の方をジッと見つめており、目が合ったことに嬉《うれ》しさを感じたのか微笑んでいる。

「いや、藍那が可愛い寝言を言ったと思ってさ」

「こっちまで聞こえていたわ。きっと傍に隼人君が居るからそこまで無防備なのよ」

「そうかねぇ」

「そうよ絶対に」

亜利沙はそう言いながらスッと俺の布団に入り込む。

「今日もこのまま寝かせてくれる？」

「もちろんだ。色々あったけど、ご褒美として最高の眠りになりそうだよ」

「ふふっ、そんな風に言ってくれて嬉しいわ♪」

それから俺たちは特に会話をするでもなく、ゆっくりと時間が過ぎていく。

段々とうとうとする心地よさに身を任せていたその時、耳元で亜利沙がそっと優しく囁《ささや》いた。

「おやすみなさい隼人君」

「……うん。おやすみ亜利沙」

そして、また明日もよろしくな。

「ちょっと、二人だけで良い雰囲気はダメじゃない？　あたしも抱き着く！」

「あら、起きてたの？」

「寝てたけどラブラブな波動を感じて起きた！」

「……あなたって子は」

ま、まあ寝るとしようか、うん！

▼▽

翌日の日曜日、今日は夜まで新条家に居る予定だ。

「お母さん大分良くなってたよ。でもやっぱりまだまだ安静が必要だよねぇ」

「当たり前よ。一週間は仕事休む言ってたし、しばらく私たちだけで頑張るわよ」

「は～い！」

お、咲奈さんは本当に思い切って一週間も休みを取ったのか。

「実はね」

亜利沙が詳しく教えてくれたが、亜利沙や藍那もそうだけど俺を安心させるために休みを多く取ったらしい。

風邪ではあったが倒れてしまったことを会社の人に伝えたところ、そちらからもしばらく休んでくれと懇願にも似た形でお願いをされたのも大きいみたいだ。

「それで……二人だけで本当に大丈夫？」

「大丈夫よ。買い物を終えたらすぐに帰ってくるから」

「あたしたちが居ない間、お母さんのことお願いね！」

昼を前にして亜利沙と藍那は買い物に出かけ、咲奈さんを見守るという任務を得た俺が留守番することになった。

手持無沙汰……というわけでもないので、俺は早速咲奈さんのもとへ。

「咲奈さん、入っても良いですか？」

「大丈夫ですよ」

「入りますね」

さてと……昨日のやり取り以来だ。

中に入ると咲奈さんは体を起こしており、やはり昨日に比べたら大分顔色が良くなっている……が、まだまだ安心は出来ないということで咲奈さんにはしっかりと休んでもらわないと。

「？　どうしました？」

「あぁいえ……昨日からお風呂に入ってないものですから少し汗が」

「……なるほど」

確かに結構汗を掻《か》いていたし汗がパジャマに染み込んでいるはずだ……いや、それだけじゃなくて肌の方もベタ付いていそうだ。

「何か出来ることあります？」

「あ、良いですか？」

「はい。何でも言ってくださいよ」

そのために俺はここに居るんだから遠慮なく頼ってくださいよ。

「……でしたら、タオルをお湯で濡《ぬ》らして持ってきてくれませんか？　肌の汗を拭き取りたいんです」

「分かりました！」

俺は部屋から飛び出し、タオルをお湯で濡らしてから戻ってきた。

咲奈さんにタオルを渡して体を拭き終わるまで部屋の外に出ていようと思ったのだが、そこでまさかの提案をされることになる。

「その……少し体が痛いので隼人君が拭いてくれませんか？」

「……えっ⁉」

今……何と仰《おっしゃ》いましたか……？

俺は聞き間違いをしたのではないかと思ったけど……そうではなく、本当に咲奈さんはそう言ったらしい……えっとおおおお!?

「お願い……出来ませんか？」

「あ、お願いされますはい」

無理だあああああああっ！

この無理はそんなの出来るわけないって意味と、潤んだ瞳でお願いなんかされたら断るわけないという意味がある……どどどどどうしよう!?

「どうしようって思ってても体は動いてるぜ……」

何らかの魔法を掛けられたかのように体は止まらず、バスタオルか普通のタオルか悩んだが取《と》り敢《あ》えずいくつか追加で持ってくることに……俺、凄《すご》くテンパってる。

「……戻ってきてしまった」

籠と共にお湯に浸したタオルを持ってきたけど……ごくりと、俺は生唾を飲み込んで改めて部屋に入る。

咲奈さんが顔を赤くしているのは彼女も照れているから……？　それともまた少し熱が上がってしまった影響なのか……？

「えっと……持ってきました」

「ありがとうございます。では脱ぎますね」

パジャマのボタンに手をかけ、一つずつ外していく。

上から二つ目を外したところで窮屈そうだった膨らみが自由を取り戻したかのようにぷるんと揺れて解放されたが、そこで咲奈さんがあっと声を上げて背中を向けた。

「す、すみません！　背中を向けますので……」

「ひゃい……」

あぁもう滅茶苦茶《めちゃくちゃ》だよ！

背中を向けた咲奈さんは完全にパジャマを脱ぎ、その純白の肌を俺に晒《さら》す。

（……綺麗《きれい》だ凄く）

亜利沙と藍那という美少女たちの母親だからと言ってしまえばそれまでだが、高校生の娘が二人居るとは思えないほどに若々しい……本当に綺麗だ。

俺はまるで吸い寄せられるように近づき、そっと咲奈さんの背後に腰を下ろす。

「その……本当に俺で良いんですか？　亜利沙や藍那を待っても……」

「あなただからですよ。隼人君ならこうやって無防備な姿も見せられますから」

「……分かりました」

咲奈さんから寄せられる絶大な信頼……なら俺はそれに応えるだけだ。

温かく湿ったタオルを咲奈さんの背中に当て、優しく……絶対にこの綺麗な肌を傷付けないようにと汗を拭いていく。

ところどころで咲奈さんがどこか満足そうに悩まし気な声を出すのにちょっとドキッとするけれど、俺はとにかく一生懸命だった。

「気持ち良いです……はぁ♪」

「上手《うま》くやれてます？」

「はい。とっても優しくて上手《じょうず》ですよ隼人君」

なら良かった……でも一言よろしいか？

今の俺、心臓が爆発しそうなほどに音がうるさいよ……まあでも仕方ない。この状況だぞ？　誰だってこうなるってもんだ。

背中や肩、首筋から腕であったり……腋《わき》の辺りも拭かせてもらった。

これで汗のベタ付きがある程度なくなれば良いなとは思いつつも、たぶんこの後に着替えもするだろうから全然大丈夫そうではある。

「後ろの方は終わりましたよ。あとは――」

「あ、でしたら前の方もお願いします」

「……うん？」

「前の方も……お願いして良いですか？」

「前って……え？」

前ってつまりそういうことだよね？

いや流石《さすが》にそれは……だが咲奈さんはこう言葉を続ける。

「後ろからで構いませんから……隼人君にしてほしいんです」

「…………」

ぐっ……ぐおおおおおおおっ!!

ダメだ……逃げられないのを悟った俺は諦め、咲奈さんの体の前側を拭くためにもう少しだけ距離を詰め、背後から腕を伸ばして曲げるようにしながら咲奈さんのお腹《なか》にタオルを当てた。

「うん……」

「さ、咲奈さん……？」

「ごめんなさい。大丈夫ですよ♪」

お腹を拭くだけ……もちろんそれで終わるわけもなく、体の前側ということは母性の象徴たるあの膨らみがあるわけだ。

「隼人君」

「は、はい！」

「いずれ経験することでしょうし、少しでも慣れるべきではないですか？」

「それは……その……」

何をしとる⁉　俺は大切な彼女たちの母親と何の会話をしとる⁉

「大丈夫ですから、ほら触って拭いてください」

「……うっす」

恐る恐る触れた場所はあまりにも大きくて柔らかく……けれども俺はなるべく無心で拭いていく。

俺の力加減に合わせて形を変えるほどの弾力はずっと触れていたいとさえ思わせる魔力が込められているようで……しかもこの行為はそれだけに止《とど》まらず、胸を持ち上げてその肉と肉の間の汗も拭き取った。

「……こういうこと言うの恥ずかしいんですけど」

「なんですか？」

「その……凄く重たいんですね？」

片方の胸だけでもそれなりの重量があった。

よく胸の大きな人は肩が凝るという話を聞くし、これに関しては亜利沙と藍那からも聞いたことがある……でも、こうやって実際に胸を持ち上げたのは初めてだ。

「重たいですね。下着を着けてないととても生活は出来ないくらいだと思います。娘たちも大きいですが、私はそれ以上にありますので」

「…………」

「ふふっ、すみません隼人君にこんな話を」

「いえいえ！」

貴重な話……貴重な話ってなんだ。

「谷間の辺りもお願い出来ますか？」

「……はい」

そのまま胸と胸の間にタオルを持った手を入れた瞬間、それなりに強い力で包み込まれ、俺はギョッとするように声を上げる。

「咲奈さん!?」

「ちょっと悪戯《いたずら》をしてしまいました♪」

今の状況……いいや言葉で説明なんて出来るものか！

そのまま包まれた手を二つの胸で悪戯するように、咲奈さんがむにゅむにゅと色々してきたが俺はとにかく……とにかくやり切った。

（マズイ……意識するとこれ以上はマズイ）

いや……もう手遅れだったわ。

何が手遅れなのか、ここでは言わないでおくとして、体を拭き終えたことで咲奈さんは気持ち良さそうに微笑《ほほえ》む。

「ありがとうございました隼人君、おかげさまでとてもさっぱりしましたよ♪」

「そうですか……ふぅ」

俺の方は精神が大変摩耗していますけどね……。

タオルなどの後片付けをした後、俺は再び咲奈さんの部屋に戻り彼女の着ていたパジャマを受け取った。

「それを洗濯機に入れてもらえるだけで大丈夫です」

「分かりました！」

「…………」

部屋を出る寸前、咲奈さんが俺に手を伸ばす。

……病気になると心が弱くなるという言葉が蘇《よみがえ》り、俺はすぐに近づいてその伸ばされた手を握りしめた。

「……不思議な感覚です。隼人君が居てくれるだけでこんなにも安心出来るんです」

「俺は傍《そば》に居てあげることしか出来ないですから。咲奈さん、まだ何かあったら是非頼ってください」

「ありがとうございます……本当にありがとうございます♪」

笑顔の咲奈さんに見送られ、今度こそ部屋を出た。

「……は〜！」

あまりにも大きく長いため息が零《こぼ》れ出たが、それほどの大変な時間を過ごしたので仕方ないだろう。

「…………」

俺はふと、自身の手とその手が握っているパジャマを見つめる。

さっきまでこの手が咲奈さんの体にずっと触れていた……それを思い出すだけで体が熱を持ち、亜利沙や藍那に抱いたドキドキと似た感覚が俺を包み込む。

「……マジで、大切なんだろうなぁ」

亜利沙と藍那、二人と同じくらいに咲奈さんのことも大切に考えている。

母さんと思わず呼んでしまうほどに大きくなった咲奈さんの存在……早く元気になってくれと祈りつつ、俺は亜利沙たちの帰りを待つためリビングに向かった。

六、姉妹の愛情、時々母性の覚醒

咲奈《さきな》さんが倒れた日……つまり亜利沙《ありさ》と藍那《あいな》の二人とデートをしたあの日から数日が経過した。

約束通り咲奈さんは今週いっぱいを完全な快復に当てるとのことで、今も仕事を休んで自宅でのんびりしているはずだ。

「隼人《はやと》？」

「う～ん？」

「今週のお前、いつにもましてイキイキしてるな？」

「そうか？」

休み時間、近くにいた魁人《かいと》にそう言われた。

「なんでそう思ったんだ？」

「何となくだけどな。いつも以上に頑張ってるっていうか……そんな感じ？」

そんな感じって歯切れが悪いなとは言わない。何故《なぜ》なら自覚があるからだ。

「ま、ちょっと頑張りたいと思えることがあってさ」

「へぇ」

「数年振り……かな。まあ詳しくは話せないんだけど」

「良いってことよ。親友が楽しそうにしているなら何より嬉《うれ》しいぜ」

「どんだけ物分かりのいい親友なんだよお前……颯太《そうた》もだけど」

そう言うと魁人はニシシと笑い、バシバシと背中を叩《たた》いてくる。

叩いてくるとはいっても軽めなので、俺は特に気にすることなく少しだけ自分の最近を思い返した。

（イキイキしてる……たぶん昔を思い出してるんだ）

今週俺は毎日夜遅くまで新条《しんじょう》家に顔を出しているのだが、亜利沙と藍那の手伝いをする中でも咲奈さんとの時間は大切にしている。

風邪と過労で倒れた咲奈さんのお世話をすると言うと少し違うかもしれないが、自分の中で母親に近い存在になった咲奈さんのために何かをする……それが昔を思い出させるんだ。

（っ……ヤバい。あの時のことも思い出しちまう）

咲奈さんの体を拭いたこと……あの大きな胸を直接手で触ったことさえも鮮明に蘇ってきやがる……ふぅ。

「おい、顔が赤いぞ？」

「何でもない。そろそろ戻ろうぜ」

「おう」

そろそろ授業が始まるので教室に戻ろうとした矢先のこと。

「それじゃあ姉さん」

こちらの教室に遊びに来ていた藍那が出ていく際にぶつかってしまった。

「きゃっ!?」

「おっと」

少しだけ周りから視線を集めてしまう悲鳴にヒヤッとしたが、藍那を受け止めた際に彼女の腰に手を回すまでは自然な流れだった。

「大丈夫か？」

「うん。大丈夫だよ♪」

藍那は軽く微笑んだ後、そのままもう一人の友人と共に出ていった。

「……なんつうか、新条妹の助け方が堂に入ってるなお前」

「えっと……あれくらい普通じゃないか？」

まあ確かに普通の人なら支えるためとはいえ腰に手を回したりするのはマズいか。

う〜ん……これは俺もちょっと分かってないんだけど、あそこまで自然に手が伸びたのは藍那だったからだろうとは思ってるし、亜利沙でも多分同じことだ。

「まあ良いじゃんそれは。早く入ろうぜ」

「あいよ〜」

席に戻ると亜利沙が声を掛けてきた。

「ここからでも少し見えてたわ。まったくあの子ったらあわてんぼうなんだから」

「あはは……まあ上手《うま》く受け止められて良かったよ」

「そうね。ちなみに友達がさっきの隼人君を見て対応の仕方が凄《すご》く様になってるって感心していたわ」

「そうかな」

これに似たやり取りを以前にもした気がするな……気のせいか？

何のことだったかなと思い返しているとちょうど先生がやってきたので、声を出せない代わりに以前のように亜利沙はノートを机の端に寄せながら見せてくる。

『もしも藍那じゃなくて私でも、同じようにああやって助けてくれた？』

そう書かれており、俺は当たり前だろうと苦笑しながら頷《うなず》く。

亜利沙はそれだけで十分だったらしく、その授業の間は先生が気になるくらいのレベルでニコニコしていた。

「それじゃあここを……新条さんに答えてもらおうか」

「はい」

「おや……随分機嫌が良さそうだね？」

「そうですか？　何か良いことがあったのかもしれませんね」

そんなやり取りがあったくらいだし、亜利沙に気がある男子たちがどうしたんだろうと気になっている姿はまあ……そこまで気になるのかと少し面白かった。

黒板の前に立った亜利沙はチョークを手に綺麗《きれい》な字で計算式を書き、難しい問題ではあったが完璧に答えることが出来て先生も満足そうに頷いている。

「正解ですね。戻って大丈夫ですよ」

「はい」

問題を解き終えた亜利沙が席に着く瞬間に俺はボソッと呟《つぶや》いた。

「流石《さすが》だな」

「当たり前よ。今の私は最高の幸せオーラを纏《まと》っているから」

それは……なるほどつまり最強の状態ってことだな！

その後の授業は心なしか隣からそのオーラとやらが妙に温かな空気を放出しているような気がして不思議だったが、その度にチラッと隣を見れば亜利沙が笑っていて俺は良いものを見た気分になる。

「堂本《どうもと》？　何か良いことでもあったか？」

「いんや、何でもない」

亜利沙とは反対の席に座る入江《いりえ》君がニヤニヤする俺に気付いたが何とか誤魔化《ごまか》す。

それから授業の時も休み時間の時も、常に俺は咲奈さんのことを考えていた……万が一がないのは分かっているし、しっかりと休んでくれていることも分かっているのだが、やっぱり倒れたという事実が大きく俺の心に刻まれていた。

（っ……前に体を拭いた時の恥ずかしさはあるんだけど、部屋に行って出る時にいつも寂しそうな目を向けてくるんだよな）

あの目はヤバい……何がとは言えないがマジでヤバいんだ。

思わず二人のもとへ戻るのを忘れ、そのまま咲奈さんの傍に居れば良いんじゃないか、みたいなことさえ思わせる……あの人、本当に母さんと同年代の人なのか？

これ、もしかしたら一生の謎になるかもしれないと俺は本気でそう思う。

「隼人～！　飯食おうぜ～！」

「あいよ～」

さて、既に昼休みということで俺は弁当を手に立ち上がり友人たちのもとへ。

弁当を食べる前に、俺は咲奈さんに大丈夫ですかとメッセージを送っておいた。

「どうした？」

「いや、何でもないよ。さ～てと、腹減ったしはよ食おうぜ！」

「おう！」

「マジで腹減ったわ～、いただきます！」

▼▽

「ふぅ……大分良くなってきたわね。まあ倒れてしまったことを除けば大した風邪では……いえ、あんなに娘や隼人君を心配させたのだから大したことないはダメね」

場所は打って変わって新条家。

風邪で倒れてしまったことがきっかけとなり、一週間の全てを療養に充てている咲奈はそう呟き、小さくため息を吐《つ》く。

雰囲気はいつも通りで見た目も元気さを取り戻しており、これなら来週には確実に仕事に復帰出来そうだった。

「……亜利沙と藍那だけでなく、隼人君にもあんな風に心配を掛けてしまうなんてダメね、私ったら」

そう口にした瞬間、それを言ってはダメだと咲奈は苦笑して首を振る。

心配を掛けてしまったことは仕方のないことだし、何よりそれをダメだと言ってしまったらそれこそ隼人は……怒らないだろうが、亜利沙と藍那はこの期に及んで何を言ってるんだと頭に角を生やして激怒するに違いない。

「ご馳走《ちそう》様でした」

家に誰も居ない以上、当たり前だが食事の準備は咲奈が行う。

まあそのことに一切問題はないし困ることもないのだが、こうして問題なく食事が出来るのも、その後に食器などを洗い他の家事もある程度出来るのも、間違いなく快復してきた証《あかし》だろう。

「う～ん……全然大丈夫だけれど、今週は絶対にゆっくりすると約束したからそれを破るわけにはいかないわねぇ」

困ったものね、そう苦笑して咲奈はすぐに部屋に戻った。

ただある意味で仕事人気質の咲奈としては何かしてないと落ち着かないという困った感

覚に陥ってしまうが、そこは鋼の精神で抑え込みベッドに横になる。

「落ち着かないわ……落ち着かないわ本当に。でも洗濯物とか、他のことも亜利沙と藍那がしてくれているから、やることが何もないのよねぇ……あぁ、どちらにしろ何もすることがないじゃないの」

表情にありありと、私不満ですという色が見て取れる。

「あら？」

しかし、そこでようやく咲奈は自身のスマホに通知があることに気付いた。

「亜利沙と藍那……それに隼人君も？」

ちょうど昼休みのタイミングで送ってきたらしいメッセージに嬉しさが溢《あふ》れた。

亜利沙と藍那はそれぞれ性格が滲み出ている文章だったものの、心から心配している旨は伝わりその点に関しては現状を招いた自分が情けないと思えてしまう。

「……ふふっ、隼人君は本当に」

少し思考がブルーになりかけたが、咲奈の心を明るくしてくれたのが隼人だった。

『咲奈さん、体調はどうですか？　何かあったらすぐに連絡をしてください。絶対に、何があっても俺はそっちに向かいますからね。今日も学校が終わったらすぐに彼女たちと家に行きます。それではまた夕方に』

隼人から送られてきたメッセージを咲奈はジッと見つめ、口に出して読むほどに嬉しくて仕方なかったのだ。

「隼人君……どうしてあなたはそんなに良い子なの？　思わず……思わず？」

思わず……その先にどんな言葉を続けようとしたのか咲奈はふと首を傾《かし》げる。

「……どうしたのかしら私ったら」

咲奈はスマホの画面を見つめながら上体を起こす。

隼人から送られてきた文章を見つめている時、自分の体が熱を持ち心臓が激しく鼓動するのを感じていた。

「どうしたのかしら私ったら……」

これは風邪がぶり返した熱なのか？　咲奈は違うと首を振る。

これはおそらく純粋にドキドキしている……咲奈は隼人から送られたメッセージに嬉しさを抱くと同時にときめいているのだ。

「隼人君……」

隼人の名を口にした咲奈は風邪で倒れてから今日に至るまでの日々を思い返す。

亜利沙と藍那……愛する娘たちの存在があまりにも大きかったのは言うまでもないことだが、そこに加わった隼人の存在もまた咲奈の中で今まで以上に……ただでさえ大きかった彼の存在がもっと大きくなっていた。

『咲奈さん、大丈夫ですか？　何かしてほしいことはないですか？』

いつもそう言って部屋に顔を出してくれる隼人……まるで息子が出来たかのようにも思える。

「……隼人君は優しくて、まるであなたのようだわ」

あなた、その言葉が指すのは既に亡くなった咲奈の夫だ。

常に優しく咲奈や娘たちを第一に考えてくれていた姿だけでなく、こんな風にメッセージを送ってくれるのも夫に似ていた……考えないようにしても優しい夫の姿がどうしても隼人と重なってしまう……咲奈が抱く寂しいという心の隙間、そこに隼人の優しさがダイレクトに入り込んでくるせいだ。

「っ……いけないわ。私ったら本当に何を考えているのよ！」

パシッと軽く頬《ほお》を叩《たた》き、抱いてはいけない気持ちに待ったを掛ける。

それでも胸の高鳴りは収まってくれず、咲奈は一旦スマホを置いて自分の体を掻《か》き抱《いだ》くようにし、外に出してはいけない情熱を内側に抑え込む。

「はぁ……はぁ……はぁ♪」

しかし、その熱さは決して不快感ではなく気持ちの良いものだった。

元々隼人のことは娘たちを預けるに値する男性であると同時に、頼れる優しい人だという認識が合わさって憎からず想《おも》う存在でもあるのだから。

「隼人君は娘たちの恋人……娘たちの恋人なのよ？」

そう己に言い聞かせても体は全く言うことを聞いてくれず、逆に発散せよと脳に命令を下すかのよう。

「……あ♪」

娘たちにも受け継がれている豊満な胸。

歩けばたぷんと揺れ、腕を組めばむにゅりと形を歪《ゆが》め、服を着ればぎゅむうと押し込まれる三桁超えの巨乳に手を当て、少し強く握ったことで甘美な刺激が電流となって全身を駆け巡っていくではないか。

「この感覚……あぁダメよ咲奈……これ以上は今まで以上にダメよ」

既に咲奈の理性は瀬戸際だった。

後少しでせき止められていたダムは決壊し、内側に眠っていた女が完全に目覚めようとした咲奈を押《お》し止《とど》めたのもまた隼人の存在だった。

『母さん!!』

「っ!?」

脳裏に蘇《よみがえ》ったのは朦朧《もうろう》とした意識の中で聞こえた隼人の必死な声。

これは別に今思い出したというわけではなく、この部屋で隼人と二人っきりで話す際に彼が教えてくれたことでもあった。

『実は俺……倒れてる咲奈さんを見て思わず母さんって叫んだんですよ』

照れ臭そうに若干話したことを後悔するような仕草を見せた隼人だが、この出来事は咲奈の記憶に強く刻まれ、現にこうして発情しかけた熱を冷ます力を持っていた。

忘れていた女としての悦《よろこ》びを求める体を大人しくさせ、咲奈に冷静さを取り戻させた魔法の言葉——母さん。

『これは亜利沙たちにも話しましたけど、倒れていた咲奈さんを見て母さんの姿と重なったんです。だからこうして咲奈さんが無事だったこと、元気になってくれたことが本当に嬉《うれ》しいんです』

その時、どれだけ隼人に対してこう思っただろう——この子が息子ならばと……もういっそのこと、この子を息子にしたいと。

「隼人君が息子……ふふっ」

それを想像して浮かんだ微笑《ほほえ》みはあまりにも妖艶でありながら、どこまでも慈しみと愛を携えた瞳の母の顔だ。

今までに何度も咲奈は隼人に対し、本当の母のように接してほしいと言っていた。

咲奈もまた隼人のことを息子のように考えたこともゼロではない……むしろそう思っていた方が多いかもしれない。

「隼人君……あなたは私の息子よ」

それは咲奈の、決意の一言だった。

これからは今まで以上に隼人のことを愛そう……あの子を、血の繋《つな》がった息子のように愛そうと咲奈は心に決める。

「今回のことは私が招いてしまったこと……ですがもうこのようなことで隼人君を心配させないし、あんな悲しそうで寂しそうな表情もさせないわ」

隼人のメッセージを表示させたスマホを、咲奈は大事そうに胸に抱く。

現状彼の唯一の家族でもある母方の祖父母とは折りに触れ連絡を取っており、全面的に信頼されている咲奈は隼人のことを任されている。

その事実もまた咲奈の更なる決意を一押しも二押しもしたのだ。

「亜利沙と藍那が隼人君の恋人として過ごし、私はそんな隼人君と親子のように過ごす日々……想像するだけで体が疼《うず》きますね♪」

恍惚《こうこつ》とした表情を浮かべた咲奈はもはや止まらないだろう。

亜利沙と藍那は隼人を愛によって沼に沈ませようとしているが、咲奈は親子愛という形を取ろうとしている。

今、正に本当の意味で新条親子による隼人包囲網が完成したわけだ。

「早く帰ってこないかしら……愛したい……愛したい愛したいわ隼人君♪」

今の咲奈を見た時、娘たちを除いた全ての人たちが目を疑うだろう。

それだけ咲奈の様子がおかしいのは言うに及ばず、しかしながら咲奈は常識を兼ね備えているので暴走したりすることがないのが……この場合は果たして質《たち》が悪いのかそうでないのか、どちらの言葉を選べば良いのか分からないところである。

「ふぅ……少し興奮しすぎたわね。心なしか熱が上がったような気もしますし、大人しく夕方まで横になって休みましょう」

そりゃああんだけ興奮すれば体も熱くなるだろうよ、そんなツッコミがされてしまいそうだ。

「一先《ひとま》ずはおやすみなさい」

そうしてすぐ、咲奈は眠りに就き……ボソッと寝言を漏らす。

咲奈から産まれた亜利沙と藍那が、それぞれ隷属願望と孕《はら》み願望を持っているというのは既に分かっていることだが……そんな二人を産んだ彼女もまた、その願望を心の片隅に併せ持っている。

正に二つの願望のハイブリッド――それが新条咲奈という女性だ。

うん？　どうしてこれを今言ったのかって？　別に他意はない……だから伝えられたことだ。

▼▽

「……はっくしょん!!」

突然のお鼻ムズムズにより、特大のくしゃみが出てしまった。

ちゃんと両手で口元を押さえたので被害はなかったが、もしも無遠慮にそのままだったら前に座る颯太に思いっきり飛沫《ひまつ》を浴びせていたかもしれない。

「なんだ風邪か？」

「風邪じゃないとは思う……たぶん。誰か噂《うわさ》してるのかもしれん」

「ははっ、噂かよ。悪い噂なら流したこと後悔させてやろうぜ」

取《と》り敢《あ》えず魁人は喧嘩《けんか》っ早いのを改めようか。

そうは言っても軽々しく手を出さない義理堅さもあって心配はしていないけれど、その優しさは嬉しいが自分のために振るってくれることを願う。

ま、俺も二人に何か良からぬことがあったら全力で体を張って助けるよ。

「しっかし、何だかんだ四月も後少しかぁ」

「んだなぁ。もうすぐゴールデンウィーク……その後は中間テストだわ」

「くぅ〜嫌だねぇ」

でも確かに五月になるとイベントが目白押しの時期になる。

五日間程度だがゴールデンウィーク、そして連休明けには中間テストだ。

今まではテストも面倒で嫌だと思うことが多かったけど、亜利沙や藍那と一緒にテスト勉強に身を入れるようになってからは、その時間さえも楽しくなったからなぁ。

「なんだよ隼人。テストって聞いて笑顔になるのはドMだぞ」

「なんでそうなるんだよ。テスト期間は勉強するし、何より結果が付いてくるから楽しいって思えるだけだ」

「勉強が楽しい……？」

「化け物を見るような目をするな、お前ら」

俺を見つめるギョッとするような目につい言い返したけど、俺も一人でする勉強なら決して楽しいとは思わない。

傍《そば》に大好きな二人が居てくれて、常に分からない所があったら丁寧に教えてくれるし、休憩の時には最高の癒やしが俺を待っている……そんな環境ならば、勉強という過酷な時間も楽しくなるってもんさ。

「ご馳走《ちそう》様でしたっと。それじゃあ戻るわ」

「あいよ〜」

「うい〜」

昼食を終え、自分の席へと戻る。

隣に座る亜利沙はまだ友人らとの昼食を終えておらず、机を向かい合わせて賑《にぎ》やかにお喋《しゃべ》りを続けていたが、戻ってきた俺を一瞥《いちべつ》して微笑んだ。

「あ、堂本君ちっす〜！」

「元気〜？」

亜利沙の友人に俺もうっすと短く言葉を返し、そのままトイレに向かった。

（メッセージ、見てくれたかな咲奈さんは）

教室に戻ったら確認してみるか。

今までもすぐに気付いたらメッセージを返してくれていたし、もしかしたら既に返事が来ているかもしれない。

返事がなかったらなかったでガッカリよりも心配が勝るが……ええい！

心配ばかりしてたら俺の方が参っちまうぜ……でも心配なんだよ、分かってくれよこの気持ち！

「って、俺は誰に言ってんだよ」

誰も居ないトイレでボソッと呟《つぶや》き、鏡に映る自分を見つめた。

いつも通りの自分の顔だけど明らかに心配の色が濃く見えている……俺がこんなことではダメだと思い、手を洗った後に顔を洗った。

「……ふぅ」

ハンカチで顔を拭いた後、スッキリした気持ちで俺はトイレを出た。

そのまま教室に戻ろうとしたところ、三階から先生が大きなダンボール箱を二つ抱えて降りてきたのを見た。

「あれ……前見えてるか？」

少しフラついてて危なっかしいし、何より足元が見えていなそうなので階段を降りる際に踏み外したら大変だ。

俺はすぐに先生のもとへ駆け寄った。

「柳井《やない》先生？」

「うん？　おぉ堂本か」

世界史を教えてくれる柳井先生だ。

「それ、重くないですか？」

「正直に言うと重たいな。二度手間になるのが嫌だから纏《まと》めて持ち上げたけど、ちょっとしんどいかもしれん」

「何してんすか」

俺はため息を吐《つ》き、スッとダンボール箱を一つ奪う勢いで取った。

「手伝いますよ。足元がよく見えないのに階段とか危ないでしょ」

「すまないな。ありがとう堂本」

「いえいえ、こういうところで点数稼ぎは必要かなと思いまして」

「ははっ、正直な奴《やつ》め」

高校生活を送る上で内申点は重要だしね。

俺の言葉を不快に感じた様子もなく、柳井先生は苦笑しながら歩き始めたので俺もそれに続く。

「実は手助けしてくれる生徒が居るかなと期待はしていたんだが、それが堂本になるなんてな。本当に君は優しい生徒だ」

「照れますねぇ」

らどうだ？」

「そういうところも先生方から評判良いぞ？　どうだ、来年は生徒会長でも目指してみたらどうだ？」

「ガラじゃないですよ」

「そうかぁ？　堂本みたいなのにピッタリだと思ったんだが」

マジでやめてくださいと言わんばかりに俺は首を振った。

生徒会長というのは、いわば生徒の代表であり顔だ……そんな立場に自分がなれるとも思わないし、仮になれた未来があったとして、やりたいことや他の生徒を纏められるとも思わないからな……うん無理だ。

「何の話をしてるの？」

「なんか先生が俺に生徒会長はどうかって……うん？」

「堂本に生徒会長はどうかってなぁ……うん？」

おや、先生とリアクションが被《かぶ》ったけど、これは気が合うってことだったりする？

……ってそれはどうでも良くて！　今とてつもなく聞き覚えのある声が先生と反対側から聞こえたぞ。

「……藍那？」

「……新条？」

「は～い。新条藍那ですよ～♪」

やっぱり。いつの間にか隣に居たのは藍那だった。

というか俺、今ナチュラルに藍那のことを名前で呼んでしまったが……先生ともなると生徒の名前呼びというのは特に気になるものでもなかったみたいだ。

「堂本君が生徒会長！　それはどういうお話の流れで⁉」

「気になるのか？　実はだな――」

それから先生はどうしてそういう話題になったのかを話し始めた。

藍那はあまりにも自然な流れで合流しただけでなく、職員室にこのダンボール箱を持っていくまで付いてきたんだ。

「助かったぞ堂本。ありがとうな」

「いえいえ、それじゃあ失礼します」

「失礼しま～す。柳井先生、腰とか悪くしないでくださいね～」

「任せろ！　先生はまだ若い……っ⁉」

藍那の笑顔に気を良くしたらしい柳井先生がその場でスクワットをした瞬間、聞いただけで痛くなるようなゴキッという音が響き渡る。

「柳井先生⁉」

「メーデーメーデー！」

「あがががががっ!?!?」

「人の言葉を発してないぞ！　病院だ！」

「何してんですか……」

「馬鹿ばっかですよ」

一気に職員室内は騒がしくなり、俺と藍那はだから言わんこっちゃないと二人してため息を吐《つ》きながら廊下に出た。

「なんつうか、大人も俺たち子供と変わらんな」

「あはは……あれは特殊というか、ノリが良いからこそみたいな部分じゃない？」

「ノリねぇ。教頭先生とかも交じってたし、こりゃ俺たちの学校は平和だわ」

「違いないねぇ」

だって職員室から離れたってのに、まだここまで騒がしい声が聞こえるし……つうか柳井先生、絶対楽しんでるだろ、あれ。

「ねえ隼人君」

「うん？」

「まだ昼休みの時間はあるし……ちょっと逢引《あいび》きしよ？」

ニコッと微笑《ほほえ》み、更には挑発するようにペロリと舌を出して藍那はそう言う。

明らかに纏《まと》う雰囲気がエッチなそれだけど、単に人目に付かない場所に行こうというだけのことなので俺はその提案に乗った。

「どこに行くんだ？」

「どこかなぁ……むふふ～♪」

意味深に笑った藍那に連れていかれた先は体育館裏だ。

ここは滅多《めった》に人が来ることがなく、穴場と言えば穴場だが昔はタバコを吸ったりする不良生徒の溜《た》まり場《ば》だったなんて話をちょこっと聞いたことがある。

「隼人くぅん♪」

「よし来い！」

「わお♪　なら突撃だぁ～！」

ここに来た瞬間、藍那が飛び付いてくることは分かっていたので俺は腕を広げて彼女を受け止めた。

わざわざこんなところまで来てイチャイチャするのもどうかとは思うが、それでも可愛《かわい》い彼女がそうしたいと思ったのなら可能な限り応えたいからな。

「体育館裏っていうと不良がカツアゲに使うイメージがあるんだけどさ。木が多くて緑もたくさんあって良い場所だな」

「そうだよねぇ♪　実はそれもあって隼人君を連れてきたんだよ～」

自分の通う学校とはいえ、体育館裏なんてそうそう来るような場所じゃない。

体育館で運動や授業をしたとしてもわざわざここに来ないしな……いやぁ風に枝が揺れる音が風情を感じさせる。

「ねえ隼人君」

「うん？」

「ここ、ちょうどあたしたちの顔が垂れ下がった枝の葉っぱで見えないのって結構な穴場っぽくない？」

「全然秘匿性のない場所だな」

「あははっ！　それは言ったらダメだよぉ」

確かに顔は隠れてるかもしれないけど、藍那の美少女っぷりはたぶんスタイルの良さでバレバレだろうしあまり意味ないのでは？

ただ、そこで俺は藍那の様子がいつもと違うことに気付く。

どうやら彼女はイチャイチャするためだけに、ここへ俺を連れてきたわけではなさそうだ。

　その証拠に藍那は小さく呟《つぶや》いた。

「ねえ隼人君。最低限の動きでチラッとあたしたちがここまで来た場所を見て」

　藍那にそう言われ、俺は必要最低限の動きで視線を巡らせ……そして気付いた。

「……誰だ？」

　そこに誰かが居るのだけは分かり、俺はマズい瞬間を見られたかと焦る。

　それは俺たちの関係性を考えれば当たり前なのだが、焦る俺とは違い藍那はどこまでも冷静に言葉を続けた。

「最初から追いかけてきたわけじゃなくて、ちょうどそこの突き当たりをあたしたちが曲がった時に見つかったみたい」

「よく気付いたな？」

「隼人君を誘ったのはあたしだもん。ちゃんと見てるってば♪」

　凄《すご》いな藍那は……俺も周りをチラチラ見ながら注意はしていたけど、ここからちょこっと見えるあの人物に関しては全く気付かなかった。

　クスクスと笑った藍那だが、更に俺の驚くことを彼女は口にした。

「彼……一年の子なんだけど、あたしにラブレターを出した人なんだよ」

「……え？」

ラブレター……確かにその話は聞いていた。

藍那がそのラブレターの相手に靡《なび》くことがないのは分かっていたし、全く以《もっ》て興味を持ってない風だったので俺もそこまで気にしなかったんだ……でも、実際にこうしてその人物を目にすると薄汚い気持ちが胸の中に湧き上がる。

藍那を渡したくない……誰にも渡したくないという独占欲が。

（いや、恋人としては当然の感情か。こんなの初めてじゃないし、自分の彼女に独占欲が湧くのも悪いことじゃないし）

そう考えて一人納得した。そもそも彼女たちから向けられる独占欲にも心地よいと感じるのでそれこそお互い様だ。

「特に話したことはなくて、数日前に友達と職員室に行った時にぶつかった程度なんだけどその時に一目惚《ひとめぼ》れされたみたい。面倒だったから返事とかしてなかったけど、付き合ってくださいって今日の朝もまた手紙が入ってたんだよね」

「……そうか」

困っちゃうよね、そう言いながらその男子の方へ藍那は体を向け……そして俺の手を握りしめ、そのまま自身の胸へと誘《いざな》った。

「あん♪」

可愛らしいドキッとする声を上げた藍那。

視線だけをこちらに向けた彼女は嬉《うれ》しそうなだけでなく、こんなことも口にして俺の心に更なる熱を持たせてきた。

「隼人君の顔は彼には見えてないからさ。たっぷり見せ付けちゃお？　あたしも相手するのは面倒だし、完膚なきまでに教えてやろうよ……えへへ、ちょっと性格悪いかな？　あたしって」

「それは……どうだろうな。でも俺だって見せ付けたいって思っちゃうよ」

「うんうん♪　ほら、こうして揉《も》んだりしてさ♪」

藍那は俺の指を操るように胸に這《は》わせ、力を込めたりしながらその柔らかさを的確に感じさせてくる。

「あたし……本当に好き。こんな風に隼人君に体を触ってもらえるの好きぃ……」

目を潤ませる彼女が振り向き、そしてそのまま屈《かが》んで……え⁉

「あ、藍那⁉」

「ふう！　ふう！」

女の子が絶対にしてはいけない表情で藍那は俺のとある場所を見つめている。

心なしか目にハートマークが浮かんでいるような気がしないでもないが、興奮したような息遣いの荒さを見せる藍那の姿に、俺ももっとおかしな気分になってしまう。

「あのね……何もしないよ？　これはあくまで見せつけるため……このポジションなら心を折るくらいには分からせられるから！」

「お、おう！」

藍那の勢いに俺は圧倒されるばかりだ。

相変わらず垂れ下がる枝のおかげで俺の顔は見えていないだろうが、それでもこちらからは向こうが見える……既に一年の男子はそこに居なかった。

俺は藍那の肩に手を置き、もう大丈夫だと伝えるようにポンポンと叩《たた》く。

「藍那、もう居なくなったから大丈夫だ！」

「う、うん！　分かった！」

スッと立ち上がった藍那と見つめ合い、しばらくお互い何も話さない……なんだこの空気……誰でも良いから助けてくれ！

あ、今ここに誰か来たらマズいじゃん無理だわ。

「……あはは」

「……えへへ」

しかし、見つめあっていると次第に気まずい雰囲気はなくなっていた。

　昼休みが終わるまであと十分……あれ、あと十分もあるのか……随分と濃密な時間を過ごした気分だったのでギリギリくらいだと思っていた。

「あと五分になったら戻ろ？」

「分かった。じゃあもう少しのんびりしようか」

「うん！」

　制服のお尻部分が少し汚れてしまうのも厭《いと》わず、俺たちは物陰に腰を下ろす。

　四段程度の階段ではあるが段差のおかげで体勢は楽だが、藍那の場合は両足を閉じてはいるものの前方に人が居たらパンツは丸見えだろう。

「……ふぅ」

「お疲れ隼人君」

「藍那もな。あれ……流石《さすが》にもう来ないよなぁ？」

「流石にないと思うよ？　あれはあれでよかったんだよ絶対」

「……恥ずかしかったけど」

「あたしは嬉しかったしドキドキしたけどね！　それに……」

　藍那は下腹部を押さえるように体を震わせ……って、だからその仕草は俺に効くからやめてくれないかな⁉

もちろんそんな藍那を見るのも可愛くて好き、というか俺だからドキドキしてくれると思うと嬉しいよ!?　めっちゃ嬉しいけど!!　でも……その仕草はマジで心臓に悪いというかとにかくヤバいから!!

「あたし……匂いだけで子供出来ちゃうかと思ったもん」

「うぐっ!?」

なあ藍那さん……お願いだからそこでチラッと視線を下げるのやめてね？

俺にしては珍しくジト目のような視線を藍那に向けてみると、彼女はごめんごめん許してと言って肩を小突いてきた。

「お茶目《ちゃめ》な一面だよ♪」

「お茶目にしては刺激がえぐいっす」

さっきのことを思い出して赤くなったであろう頬《ほお》を誤魔化《ごまか》すため、俺は空を見上げて深く息を吸って吐く。

「すぅ……はぁ」

藍那は俺の心の動きに気付いてるだろうけど、これは青少年のせめてもの抵抗なんだ、仕方ないんだよ。

（でも……あの姿勢はヤバかったなぁ……）

俺の下半身を興奮した様子でジッと見つめる藍那……冷静に考えてもあの俺たちの体勢って傍《はた》から見たら完全にアレをしちゃってるって勘違いするよな……よし！　考えるのはやめにしよう!!

「顔、赤いよん？」

「…………」

だってしょうがないじゃん……しょうがないじゃん。

▼▽

「じゃあ隼人君。また放課後ね」

「おう。またな」

あたしは隼人君に手を振ってから別れた。

一緒に戻ると変に勘繰る人が居るかも分からないし、こういうことは徹底しておいて損はないもんね！

「……ふぅ……はぁ♪」

でもどうしてかな？

隼人君と別れて教室に戻る途中、段々と呼吸が荒くなる……これは辛《つら》いとかじゃなくて興奮によるものだとあたしは理解した……だって仕方ないよね？

「……男の人の香りだった……凄く濃厚で……ぅん♪」

マズイよ……あの香りを思い出しただけで頭がクラクラしてきちゃう。

既にあたしはラブレターを出した一年の子のことは頭になく、さっきのことばかりで頭がいっぱいだったんだ。

「あ、藍那おかえり……ってどうしたの⁉」

「ふぇ？」

友達があたしを見て驚いている……なんで？

「顔真っ赤だよ？　それに熱っぽそうだし……というかエロい？」

「何言って――」

そこまで口にしてあたしはなるほどと合点がいった。

さっきのことを思い出しながら帰ってきたんだし、今もあの香りを忘れられなくて……

あぁヤバいかも。

体が震えそうになるのをあたしは何とか堪《こら》える……でも無理……だって甘い刺激が体を駆け巡るんだから。

「ちょっと、だからなんかエロいんだって！」

「えぇ？　別に変なことしてないと思うけどなぁ？」

「雰囲気が凄《すさ》まじくエロいのよ！」

雰囲気がエロいだなんて言われても分かんないよ、ばぁか！

友達には特に何もないと伝えて誤魔化したけど、隼人君のアレの香りを知っただなんて姉さんに自慢出来る案件だね……これは放課後が楽しみかも！

「……お母さん、大丈夫かな？」

でもやっぱり、お母さんのことは気掛かりなんだよね。

もう全然元気な様子は見せていたけれど、お母さんが倒れるなんて初めてのことだったから……って、あんなことが何度もあったらたまらないし、神様を思いっきり恨んじゃうよ。

「今度は気分落ちちゃってるし……大丈夫なの？」

「大丈夫だよ。心配かけてごめんあそばせ」

「……ねえ、本当に熱あったりしない？」

失礼だなぁ……ま、あたしの表情七変化が原因なのは分かってるから許そっか。

席に座って次の授業の準備をする中、あたしの脳内には隼人君と姉さん……そしてお母さんのことばかりが浮かんでくる。

（あたしと姉さんが協力していつも以上に家事を頑張ってるのはもちろんだけど、隼人君もたくさん手伝ってくれてるし……お母さんの心配はもちろん、あたしたちのことにもいつも以上に気を配って……あぁもう！）

本当に……本当にどれだけ隼人君は良い人なんだろう。

隼人君が良い人であることは分かってる……でも、だからこそ隼人君が頑張りすぎていることも分かっちゃうんだよあたしには。

（お母さんのことを心配もして、あたしたちのことも気遣ってくれて……でも隼人君は自分のこと少し顧みてないよね？）

あたしたちのことに心を砕くあまり、自分のことに無頓着になっているような気もしてる……これはあたしが思ったことで隼人君は全然負担に感じてないかもしれないけど、それでも癒やしの時間は必要だよ絶対！

「う〜す！　それじゃあ授業を始めるぞ〜」

「起立、礼」

おっと、授業が始まるから集中しないと！

あたしは先生が口にしたことや黒板に書かれた内容をしっかりとノートに書き写していく。

ゴールデンウィーク明けには定期テストもあるし、その時に困らないようにしないと！

「……えへへっ」

つい笑みが零《こぼ》れた。

その理由は隼人君との勉強を思い出したから……だって隼人君って、本当に真面目《まじめ》にあたしと姉さんの説明を聞いてくれるんだもん。

『二人から勉強を教えてもらってるんだ。頑張らないとってなるだろ？　それに単純に楽しいよ、二人と勉強することがさ』

もうね！　発言も行動も全部イケメン！

隼人君はあたしたちが勉強を教えているから、そうやってお礼とかを言うんだけど、でも違うんだよ？　隼人君がそう言ってくれるとあたしたちも心から嬉《うれ》しいんだからね？

「……ふふっ」

隼人君の魅力を知れば知るほど、あたしの心は彼を求めて騒《ざわ》めく。

そしてあたしの一番大事な部分が騒ぐんだ——彼が欲しいって、彼の全てをあたしの中に受け止めたいんだって。

「赤ちゃん……欲しいなぁ」

……あ、つい声が漏れちゃった。

あたしはチラッと両隣を見てみたけど聞かれてなかったようで安心し……それならとテンションが上がっているあたしはさっきのことを思い返す。

「……あぁ♪」

あの香り……全部全部思い出す。

あたしは隼人君の匂いが好き……でもあの香りはあたしの中の、彼のために子供を産みたいという意識のみを引っ張り出す香りだったの。

「まず……体熱い……家だったら絶対に一人でしちゃってたかも」

あたしは体の熱さを少しでも誤魔化したくて体を揺らす……でもその時、あたしは隣の男子が顔を赤くして下を向いていることに気付き、どうしたんだろうと首を傾《かし》げたが友達の言葉が蘇《よみがえ》った。

『雰囲気が凄まじくエロいのよ！』

フェロモンでも溢《あふ》れてる？　エッチなことをあたしが考えたせいでフェロモンが周りに撒《ま》き散《ち》らされてあんな風に言われたかのかなぁ？　まあどっちでもいいよ。

どう思われてもあたしがエッチなことを想像するのは隼人君だけだし、そういうことは隼人君としか一生したくないもんね！

「早く、放課後にならないかなぁ……」

あたしはそう呟《つぶや》き、一応授業に集中することにするのだった……一応は失礼だね、ダメダメ。

▼▽

放課後になってすぐ、寄り道することもなく新条家へと向かった。

亜利沙と藍那も途中で合流する形でこうして一緒に帰ってきたわけなんだが……何故《なぜ》か俺は玄関の前で足を止めていた。

「隼人君？」

「どうしたの？」

「…………」

どうしたんだと二人の視線が向けられるのだが、俺もよく分からない。

いつもと同じようにこの家の中に入ればいい……咲奈さんを一目見て安心すればいいだけのことなのに、俺の足は止まっていた――まるで、この家に得体の知れない何かを感じているみたいに。

（いや、何を考えているんだ俺は……入ろう）

この感覚は気のせいだと思い、俺はドアを開けて中に入った。

「ただいま」

もうここに帰ってきてただいまと口にするのも慣れたものだ。

靴を脱ぎ、スリッパに履き替えたのと同時に藍那がすぐに咲奈さんのもとへ向かうべく走っていき、それを眺めていた俺と亜利沙は揃《そろ》って苦笑する。

「あの子ったら落ち着きがないんだから」

「でも分かる気はするよ。そういう亜利沙だってふとした時にそわそわしてたし」

「そ、そうだったかしら」

そこまで分かりやすくではなかったけど、亜利沙も亜利沙で不安そうな表情を完全に隠せてはいなかったからなぁ。

取《と》り敢《あ》えず藍那が戻ってきたら俺も咲奈さんの様子を見に行こうかなと思い、それまではリビングの方でのんびりさせてもらおう。

「お茶をどうぞ、隼人君」

「お、ありがとう――流石《さすが》俺だけのメイドさんだぜ！」

なんてことを言ってみると、お茶が入ったコップを差し出した亜利沙の反応は顕著だ。

スッとコップを置いたかと思えば、サッと俺の隣に腰を下ろし……まるで傍《そば》に控える使用人のように彼女は微笑《ほほえ》むばかりだ。

「うふふ♪　他に何か命令したいことはある？」

命令って言い方は好きじゃないんだよなぁ……とはいえ、俺が原因ではあるがこのモードに入った亜利沙は何かしらの命令を欲しているわけで、はてさてどうしたものかね……。

「お母さん元気になってたよ〜！」

見つめ合う俺と亜利沙だったが、藍那が戻ってきたことで今のやり取りは有耶無耶《うやむや》になってホッと息を吐く。

「また、後でね？」

「…………」

あ、逃がしてもらえないみたいです。

ニヤリと意地悪そうに笑いはしたものの、まるで悪の組織の女幹部みたいで似合っているのがズルい……顔がここまで整っているとどんな表情をしても様になるな。

「じゃあ次は俺が様子を見に行こうかな」

「ならその次は私が行くわね」

「いってらっしゃ〜い！」

さてと、それじゃあ咲奈さんの顔を見に行くか！

軽く藍那の話を聞いた限りだとやっぱりもう安心して良さそうだが、それでも一応今週いっぱいはしっかり休んでもらう約束だ。咲奈さんからしたら退屈かもしれないけど、そこは我慢してもらわないと。

「……？」

咲奈さんの部屋の前に立った時、俺はまたあの感覚を抱く。

この家の前に立った時に感じた得体の知れない何か……けれども俺は突き動かされるように声を掛けて中に足を踏み入れる。

「おかえりなさい隼人」

……え？

中に居たのは咲奈さんだ……咲奈さんはベッドの上で上体を起こしており、俺を見つめるその表情はいつもと変わらない……否《いや》、いつも以上に優しく見える。

でもどうしてだろう……俺は今、目の前の咲奈さんが母さんに見えたんだ。

「……えっと」

「ふふっ、いきなりごめんなさい隼人君。あなたを本当の息子のように接したらこうなのかなって試してみたくなったんです♪」

「あぁそういう……なるほど」

何がなるほどなのか自分でも分かってないけど……でも二人の母親だからなのか、あまりにも解像度が高かった……母さんってまた呼びそうになるくらいには。

「っ……藍那も言ってましたけど、大分体調は良さそうですね？」

「はい。正直なことを言わせてもらうと、こう長い間ゆっくり休んでいると結構退屈ですね」

「あはは……そっすよね」

俺ものんびりするのは好きだけど退屈なのは嫌だからなぁ……その気持ちとても分かりますと伝えると、咲奈さんは悪戯《いたずら》を思い付いた子供のように笑みを深め、こんなことを口にしてきた。

「たとえ一日中ベッドの住人だとしても、隼人君が私のベッドの中に居たら退屈なんてしないんですけどね」

「……え？」

聞き返した俺だが、それが間違いだと分かったのはすぐだった。

様子が豹変《ひょうへん》した咲奈さんはジッと俺を見つめたまま言葉を続ける……その全てが俺をドキドキさせる言葉だったからだ。

「同じベッドの中に隼人君が居たら腕を回して離さず、体をたくさん押し付けたりもしてずっと捕まえます。腕だけじゃなく、足も全部絡ませて……そうして耳元でこう言うんです――お母さんを心配してくれてありがとうって、そのお礼にたくさん癒やしてあげますからねって」

「癒やす……って?」

「あら、知りたいですか?」

「っ⁉」

むわっと、咲奈さんから甘い香りが波動のように放たれ、俺に届く。

俺はたまらず咲奈さんに背中を向けてドアに向かった。

「元気そうで良かったです! それじゃあ俺はこれで!」

「あ……」

残念そうな声が一瞬聞こえたけど俺は構わず部屋を出た。

左胸の部分に手を当ててるとうるさいくらいに鼓動しており、咲奈さんの雰囲気と言動に心乱されたことを俺に無理やりにでも教えてくる。

「……なんだか今日の咲奈さん、母性が天元突破してない?」

思わずそう呟いてしまうほどに……エロくて母さんみたいだった。

……うん? エロくて母さんみたいって何を言ってんだ俺は……はぁ。

「あ、おかえり隼人君」

「母さんどうだった？」

「元気そうだったよ」

「そう。なら次は私が行ってくるわ」

リビングに戻り、亜利沙が俺と入れ替わるように咲奈さんのもとへ向かった。

「隼人君、かもんぬ!!」

「かもんぬって何さ。あいよ～」

隣に来いよバンバン！　そんな風に藍那はソファを叩《たた》く。

そんな風に急《せ》かさなくても座らせてもらうから大丈夫だよ。

「お母さん元気だったでしょ？」

「え？　あぁうん……安心したよ」

先ほどのことを思い出し、少しだけ言葉に詰まってしまう。

藍那はそんな俺を見て首を傾《かし》げたものの、それ以上聞こうとはしてこなかったので安心する。

咲奈さんの部屋に向かう前に亜利沙が入れたお茶の残りを飲む……のだが、ここで藍那が爆弾を放り込んだ。

「ねえ隼人君。昼休みの……凄《すご》かったね？」

「ぶふっ！」

「きゃっ⁉」

昼休み……それはあの悩ましくもエッチな記憶を呼び起こす言葉だ。

あの時のことを考えないようにしていたのに、それを藍那本人から言われてしまったものだから特大のリアクションとしてお茶を藍那の顔に思いっきりぶっかけてしまった。

「ご、ごめん藍那‼」

「ううん、あたしがいきなり変なこと言っちゃったから」

それでも彼女に口に含んだお茶をぶっかけるってのは最低だぞ俺……。

俺に出来ることといえばハンカチで彼女の顔を拭くだけ……なんだけど、藍那は嫌そうな顔をするどころか……嬉《うれ》しそう？

「たっくさん掛けられちゃったね♪　隼人君のだから全然嫌じゃないよん♪」

「…………」

「何してるの？」

あ、亜利沙が戻ってきたわ。

取り敢えず何があったかを伝えると、亜利沙は何をしてるんだと言わんばかりに呆《あき》れた表情を浮かべ、タオルを手に藍那の顔を拭く。

「何してるのよ」

仰《おっしゃ》る通りですごめんなさい！

ただ亜利沙も本気で呆れているわけではないらしく、微笑ましそうに俺と藍那を交互に見ては笑っていた。

さて、色々とあったがそれからの俺は新条家の家事に勤《いそ》しむ。

いつものように風呂掃除に名乗りを上げ、それが終わったら簡単に廊下などの掃除にも手を出す。

「隼人君、お風呂お先にどうぞ？」

「お、良いのか？」

「えぇ。というかそんなところまで掃除してたの？」

「まあ夕飯が出来るまで暇だったしな。じゃあ一番風呂入らせてもらうよ」

そうして風呂に入り、その後は風呂に行くどちらか二人の代わりに夕飯の準備を手伝い

……夕飯を済ませたら亜利沙が食器洗いをしている間、藍那と一緒に洗濯物を畳む。

「これはこっちで……これはこっちか」

「あはは、隼人君もうあたしたちの下着とかで照れなくなったね？」

「……いや、何も思わないわけじゃないぞ？　でも流石にちょっとは慣れたわ」

「そっかぁ♪　あたしゃ姉さんのブラをジッと見つめている隼人君とか可愛《かわい》くて凄く好きだったんだけどなぁ？」

「ジッと見つめてないだろ⁉」

「見てたよ。嘘《うそ》はダメだよ隼人君」

「……あい」

「ふふっ！　そんなにしょぼんとしないでってばぁ♪」

じゃあそんな風に揶揄《からか》わないでくれよ！

別に彼女たちの下着を見る機会なんて喜ばしいことにいくらでもあったわけだが、こうして畳む時じゃないとじっくり見る機会はなかった……だから改めて手にした瞬間、こんなに大きいものを身に着けてるんだなって思っただけでさぁ！

「はいおしまい」

「俺の方も終わったよ」

とはいえ、何とか今日も乗り切ったぞ。

この時間になると基本的に新条家でやることはなくなり、後はもう家に帰るだけだが疲れが溜《た》まっているのかやけに息を吐《つ》いてしまう。

そんな俺の疲れは亜利沙と藍那にも伝わったんだろう――帰ろうと家を出た玄関先で二

人に呼び止められた。

「隼人君」

「隼人君」

「はい？」

シンクロした二人の声に反射的に体が向く。

「疲れ、溜まってるんじゃない？」

「そうだよ。お母さんが倒れたあの日から隼人君……ちょっと頑張りすぎだよ？」

「っ……そうかな？」

頑張りすぎだと、二人にそう言われてドキッとした。

俺は別に何も負担だと考えてはいなかったが、確かに疲れは多少溜まっている自覚はある……でもそれは仕方のないことなんだ。

俺がそうしたかったから……彼女たちのために頑張りたかったから。

「私たちのためを思ってしてくれていることは分かるから……その気持ちを嬉しいと思ったのも間違いじゃないわ。でもね？　隼人君が頑張りすぎて、それこそ隼人君が倒れちゃったりしたら元も子もないでしょ？」

「そうだよね。もう一度言うけど隼人君の思《おも》い遣《や》りは凄く嬉しい……とっても嬉しいけどそれに甘んじてるあたしたちも悪いと言えば悪いんだよね。だからこそ、改めて話をしておこうと思ったの——隼人君、あまり無理をしないで」

「…………」

君たちのためなら俺は……なんて、そんな自己犠牲精神は良くないな。

彼女たちのためなら、好きな人のためならなんでもやれる……普段やらないようなこともそうだけど、俺に出来ることなら力になりたいと強く思うから……でもそうか。

「確かに気を張りすぎてたのはあるかもしれない。咲奈さんが倒れたこと……俺にとっても他人事《ひとごと》じゃなかったし、とにかく亜利沙と藍那のことを考え続けていたから」

「隼人君が優しすぎるからこそよね。でもだからこそよ」

「うんうん♪　もうお母さんは大丈夫だからリラックスしよ？」

俺は分かったと頷《うなず》く。

その瞬間、僅かではあったが張り詰めていたものがゆっくりと体から抜けていくような感覚に陥り、それだけ気を張ってたのかと少し驚いた。

「それじゃあ俺は帰るよ……っとその前に——」

二人と別れる直前、俺は彼女たちを強く抱きしめこう言った。

「これからもこんな風に色々言ってくれるかな？　怒るってわけじゃないけど、注意してほしいっていうか……」

　怒られたいわけじゃなくて戒めてほしかったんだ。

「ふふっ、分かったわ。私としては逆に怒られて調教され……コホン」

「分かった！　でもその分、後でたっぷり甘やかすからお覚悟めされよ～！」

　それは覚悟になるのか……？

　結局、どんなことが起きても俺にとって嬉しいことになりそうだけど……その後、少しばかり喋《しゃべ》ってから新条家を後にした。

「……ふぅ、色々あったな……ま～じで今週は色々あった」

　亜利沙と藍那に剣道のことを紹介出来たのはもちろん楽しかったけど、咲奈さんが倒れて……でもみんなで励まし合い不安を乗り越えて……俺たちの愛と絆《きずな》はもっと深くなったはずだ。

「咲奈さんも元気になったしよかったよかった」

　ただまあ、あの咲奈さんに抱いた感情についてはしばらく考えることになりそうかな
……本当にあれは何だったんだろう？

「母さん……か」

　咲奈さんの存在が俺の中で大きくなっている……まるで母親のように、それだけは明確

に感じていた。

エピローグ

「四月もそろそろ終わりか……」

四月が終われば五月になり、そこそこ長い連休に入る……毎年この時期は特に楽しみはなかったのだが今年は違う。

「温泉旅行……かぁ」

亜利沙《ありさ》と藍那《あいな》が提案してくれた温泉旅行――これには咲奈《さきな》さんも既に賛成しているらしく、最後にその話を聞いた俺が頷いたことで予定されたわけだ。

『数日だけとはいえ大変なことがあったものね』

『せっかくだから旅行しようってことになったの。隼人《はやと》君も心身共にあたしたちとリラックスしよ♪』

咲奈さんも快復し仕事にも復帰しており心配は何もないので、俺も最初は断ろうとしたのだが……新条家との旅行という誘惑には抗《あらが》えなかった。

さて、そんな風に最高の思い出として記憶に刻まれるであろう連休の予定が決まった今日この頃……俺はというと少し気まずい空気を肌身に感じていた。

「それでね。彼氏のエッチが下手《へた》くそでさぁ」

「そうなの？」

「そうそう。まあ今まで童貞だったから仕方ないんだけど、それでも彼女を喜ばせるくらいはしてほしいかなって」

「ふ～ん」

ショッピングモールを訪れ、休憩も兼ねてアイスをペロペロしている俺の背後からそんな会話が聞こえる。

植木を一つ間に挟んだ俺の後ろで大学生のお姉さま方が話している内容……それは中々にレベルの高いもので、こんな場所でそんな話をするなよって感じだが俺たち以外近くに居ないし……というか彼女たちも俺の存在には気付いてないんだろう。

「教える楽しさもあるっちゃあるけど、やっぱりやるなら気持ち良くなりたいし、そういう意味でも頑張ってほしいなってこと」

「ふ～ん」

「アンタはどうなの？」

「私のことは別にいいでしょ。少なくとも気持ち良いエッチは出来てるよ」

「へぇ」

……これ、俺が移動すればいいだけの話だ。

でもちょっと興味があるというか、申し訳ないと思いつつも俺はその場から動かずお姉さま方の会話に耳を傾け続ける。

「でも確かに経験ある人だと安心するかな」

「でしょ？　だからといって誰でも良いってわけじゃないけど、経験あるのとないのとじゃ雲泥の差なんだから」

なるほど……そんなものなのか。

とはいえそんな話を聞いたところでそれなら早速……ともならないし、そういう意見もあるのかという程度でしかない。

「ま、私にはどうでも良いかな。エッチも時々出来ればいいし」

「そうなの？」

「うん。がっつくようなこともないし、しようよってそこまで強請《ねだ》ることもない……でもしたら幸せになれるのは間違いないね。裸で抱き合えば抱き合うほど、気持ち良くなればなるほどもっと相手のことを好きに……大切になるくらいだから」

「あぁ分かる！　その気持ち凄《すご》く分かる！」

そこから更に盛り上がるような気配を見せたお姉さま方だったが、流石《さすが》にこれ以上は聞けないと思いその場を去った。

「……凄い話を聞いてしまった」

あのような赤裸々トークなんて当たり前だけど聞いたことなんてなかった。

恋人たちの行う行為の最上級なのは分かってるけど、そこまで幸せな気持ちになれるのかとやはり興味は湧く。

「…………」

ついボーッと考え込んでしまう。

俺は確かにもっと頼れる男になるまで、それこそ責任が取れると断言出来る時までその行為は封印しようと思っている……今のご時世、高校生で経験するだなんて珍しいことじゃないだろう……でもやっぱり色々と考えた結果、俺はまだするべきじゃないと結論を出した。

「……でもなぁ」

とはいえ！　とはいえである！

俺は別に興味がないわけじゃないし、彼女たちのような美少女とそういう関係になれることを望んでもいる……ぶっちゃけしたいという欲は確かにある！

でもまだ……まだ俺は……くぅ!!

「はぁ……帰ろ」

これも全部あのお姉さま方のせいだ……けど勉強にはなった。あざっす！

「二人とももう来てるかな？」

今日は土曜日ということで亜利沙と藍那が俺の家に来る予定となっている。

現在の時刻は十一時三十分——昼前には来ると言っていたので、俺は駆け足で帰路を急ぐのだった。

そうして急いだのが幸いして、ちょうど向こう側から歩いてくる亜利沙が見えた。

「あ、亜利沙！」

「隼人君！」

名前を呼ぶと亜利沙はすぐに俺に駆け寄ってきた。

「あれ、藍那は？」

「藍那はちょっと遅くなるわ。といっても十二時半くらいには来ると思う」

「そっか。なら昼食用意して待ってようぜ」

「そうしましょ」

二人で家の中に入り、リビングに荷物を下ろすと亜利沙がスッと身を寄せてきた。

「ご飯の用意はもう少し後でね。少しこうしていたいわ」

「分かった」

可愛《かわい》らしくそう言った亜利沙を抱きしめソファに座り、ゆっくりと俺たちは抱き合ったままの時間を過ごしていく。

そうしている中、俺はさっきのことを思い出してしまった。

(……エッチなことは幸せになれる……か)

俺としてはこうしているだけで十分に幸せだけど……亜利沙はどうなんだろう。

もちろん俺と同じように嬉しさは感じてくれているとは思う……でもやっぱり、これ以上のことを望んでいるんだろうか。

(いや……考えるまでもないか)

亜利沙だけでなく、藍那ももっと踏み込んだ関係を望んでいることは既に分かっていること……俺が責任を取れるようになるまで、それまで待たせているというのが現状だ。

二人を大切に思っているから自分の考えを変えることはないけれど、何を血迷ったのか俺はこんなことを口にしてしまうのだった。

「なあ亜利沙……胸、触ってもいいか？」

「……え？」

「……あ」

目を丸くするだけでなく、パチパチと瞬《まばた》きをする亜利沙が可愛い……じゃなくて！

一体俺は何を言ってんだああああああああ!?

「隼人……君？」

「あ、ああいやその今のは違くてだな！　ちょっと魔が差したというか！　えっとあのその……」

あかん……今の俺めっちゃパニックになってる。

たぶんお姉さま方の話に触発されたのもあるんだろうけど、それにしてはあまりにも唐突すぎるというか……俺って意志が弱くね？

「ごめんいきなりだった！　今のは――」

「いいわよ。ほら、触ってちょうだい？」

どうぞと言わんばかりに、亜利沙はぷるんとその胸を揺らした。

彼女の綺麗《きれい》な顔と大きく実った二つの胸を視線が行ったり来たりするのだが、亜利沙はそんな俺を見てクスッと微笑《ほほえ》むだけだ。

「恋人だもの遠慮なんて必要ないでしょ？」

そう言った亜利沙に俺は頷《うなず》き……手を伸ばし、そっと触れてみた。

柔らかい……あまりにも柔らかく、咲奈さんの時にも感じたようにずっと触っていたいと思わせる力があった。

「……はっ⁉」

って俺は何をやってんだ！

ハッとしたように亜利沙の胸から手を離したものの、何度も思うことだが今までに触ったことなんていくらでもあったし、こんな風に自分の手の平でその柔らかさを感じる瞬間も多かった。

でも……今日みたいに自分から触りたいと口にしたのは初めてだ……。

「隼人君」

「あい」

「私としては凄く嬉《うれ》しいことには違いないのよ？　私と藍那から触ってって言うならまだしも、隼人君から言うことはなかったわよね。何かあったんでしょ？」

「……えっとだな」

ここまで来たら黙っている方が気まずいか……俺はそう考え、どうして魔が差したのかを説明すると、亜利沙は楽しそうにクスクスと笑い俺に寄り添いながら口を開いた。

「そうだったのね。いつも我慢しちゃう隼人君がいきなり触って良いかって聞いてくるんだもの。何かがあると思ったのよ」

「……いきなりごめんな」

「謝る必要なんて何もないわ。むしろ隼人君に求められて嬉しかったし」

俺の胸元をツンツンと亜利沙は突《つつ》く。

その仕草が愛らしくも誘っているようにも思えてしまい、一人ドキドキしている俺に亜利沙が身を寄せた。

俺の胸元に頬《ほお》をくっ付ける亜利沙に、きっと俺の心臓の鼓動はこれでもかと伝わっているだろう……だとしたら必死に取り繕う必要もないか。

「前にも話したことだけど、私と藍那は隼人君との切っても切れない絶対の関係性を望んでいるわ。たとえ何があっても途切れず、隼人君が私たちから離れたいだなんて少しも思わないくらいになってほしい――私と藍那の愛に、爪先から頭のてっぺんまでどっぷりと浸《つ》かってほしいから」

「……もう浸かってると思うんだが」

そう伝えると亜利沙はまだ足りないとばかりに首を振る。

俺を見上げる彼女の瞳は病的なまでに一点しか見つめていない……彼女の綺麗な青い瞳

が暗く濁っているように見えるこの瞬間は怖い。

でもそれだけ彼女は俺しか見ていない……それは心地よかった。

「私と藍那の抱える欲望は止《とど》まる所を知らないわ。隼人君のことを考えれば考えるほど、もっともっとって なっちゃうから」

「…………」

「隼人君が私たちのことを大切に考えてくれているのは分かってる……でもその絶対的な繋《つな》がりを求めるなら必然とエッチなことだってしたい……分かってくれるわよねご主人様？」

「っ……」

甘い……あまりにも脳を痺《しび》れさせる甘美な言葉だ。

人前だとツンとしてクールな印象の亜利沙でも、俺の前でだけこんなにもエッチで隷属を願う女の子に変化する……そのギャップだけでなく、亜利沙の魅力が俺を夢中にさせて逃がしてくれないんだ。

「えい！」

「うおっ⁉」

その時、トンと軽く亜利沙に体を押された。

突然のことに俺は倒れ、そんな俺の体に抱き着くように亜利沙もまた俺の上に倒れ込み見つめてくる。

悪戯《いたずら》の成功を喜ぶ小さな子供のように、ペロッと舌を出した亜利沙はエッチな雰囲気を抑えてこう言葉を続けた。

「実を言うと……これは藍那も言っていたのだけど、私たちの誘惑に我慢する隼人君との攻防を楽しんでいる節もあるわね！」

「んなことだろうと思ったよ！」

「だって本当に楽しいんだもの」

くぅ……楽しいって言われるのは癪《しゃく》だが、それでもこのやり取りに楽しさと興奮を見出《みいだ》しているから言い返せねえよ！

「恋人としての歩みを慎重にしてくれるほどに私たちのことを隼人君は大切に考えてくれている……でもその気持ちが、私たちの隼人君に対する想《おも》いを強くさせ、もっともっとってさせるのよ」

「……どっちもどっちってことか？」

「そうねぇ。だから敢《あ》えてこれは宣戦布告？　私と藍那はたぶん、このスタンスを変えることはないから――だから隼人君、覚悟してね？」

「お、おう……」

あの～、これ以上があるんですかね？

ニコニコと微笑む亜利沙は俺を揶揄《からか》う気満々のようで、それが分かっているからこそ俺も負けじと彼女を更に強く抱き寄せる。

「……はふぅ」

「……こうやって甘えてくるのは躊躇《ためら》わないわよね、隼人君」

まあ普段頑張って耐えている分をこうやって発散してるからなぁ……彼女たちが俺に甘えてくるように、俺もこうして甘える分には全然躊躇わないっての。

そんな風に二人で寝転びのんびりしていると、ようやく藍那が訪れた。

「やっほ～隼人君に姉さん……ってイチャイチャしてる！」

「いらっしゃい藍那。今ちょうど隼人君に甘えられてるの」

「ズルい～！　あたしにも甘えてよ隼人君！」

頬を膨らませてプンプンと可愛《かわい》く怒る藍那だけど、俺のすぐ傍《そば》で仁王立ちしないでくれるか？　思いっきり下から色気たっぷりの黒いレースの下着が丸見えだぞ……。

「あ、隼人君のエッチ～」

「全然恥ずかしそうじゃないのが可愛くて最高だなおい！」

「……きゅん♪　隼人君に突撃～！」

「うごっ⁉」

「きゃっ⁉」

俺と亜利沙の上に飛び乗ってきた藍那……いやいや凄《すご》く危ないからね⁉

それでもしっかりと彼女を受け止めることに成功し、そこからは藍那も一緒にのんびりとした時間を過ごすのだった。

（マジで良いよなこの時間が……でも、亜利沙が言ってたけどこれから先もっと大変なことがあるのか？）

主にエッチな方面で……クソ！

しっかり節度を守らないといけないってのに、それを期待する俺が居ることが情けない……でも仕方ないよね男の子なんだからさ。

「あ、そうだわ」

「どうした？」

「どうしたの？」

急に立ち上がった亜利沙は奴《やつ》を……カボチャの被《かぶ》り物《もの》を手にした。

そのまま戻ってきた彼女は愛《いと》おしそうにカボチャを撫《な》で始め、大事そうに抱え込んで満足している。

「ひんやりして気持ちいいわ」

「いいねぇ！　次はあたし～！」

「…………」

なんだろう……亜利沙が抱えているカボチャの顔を見ていると、彼女を取られて悔しいかと煽《あお》られているような気がしてくる。

俺はそれがちょっと気に食わないのもあって、軽く奴の頭を殴った。

「隼人君!?」

もしかしたら……今後、俺の一番のライバルはこいつになるのかもしれない……なんてことを密《ひそ》かに思いながら、俺は今日も彼女たちと過ごしていく。

あとがき

みょんです。

この度、おとまい三巻を無事に刊行出来たことを嬉《うれ》しく思います。

色々と話を聞くと、三巻を出すということも中々難しい時代ということで、そんな中でこうしてここまで巻数を重ねられたのも、ひとえに本を買ってくださる読者のみなさんのおかげです。

本当にありがとうございます！

そして一巻の時からお力を貸してくださるぎうにうさんや、編集者さんにも大変感謝しています。

さて、今回この三巻は新しく進級してからの始まりとなりました。

高校生の頃と言いますか、学生の頃ってこんなだったかなと思い出しながら書いた部分もあります。

勉強がとにかく嫌いだったので行きたくないなぁと思いつつ、それでも風邪を引いたりやんごとなき事情がない限り休むことはありませんでしたが、やっぱり後になって思うのは学生時代って本当に楽しかったなと（笑）

そういう意味では学校では最低限に、家では甘え全開で美少女とイチャイチャする隼人《はやと》にはそれはもう嫉妬します……みなさんしませんか？

とはいえ、とにもかくにもこうして三巻まで漕《こ》ぎつけることが出来たというのは素直に嬉しいですし、もっと頑張りたいと考えられる一つの到達点にも思っています。

これからもこのおとまいシリーズを続けていきたいと思いますので、是非とも応援いただければ凄《すご》く嬉しいです！

そして最後にもう一度。

今作を手に取っていただいた読者の皆さん、本当にありがとうございました！

男《おとこ》嫌《ぎら》いな美人姉妹《びじんしまい》を名前《なまえ》も告《つ》げずに助《たす》けたら一体《いったい》どうなる？３

著　みょん

角川スニーカー文庫　23875

2023年11月１日　初版発行

発行者　山下直久

発　行　株式会社KADOKAWA
〒102-8177 東京都千代田区富士見2-13-3
電話　0570-002-301（ナビダイヤル）

印刷所　株式会社暁印刷
製本所　本間製本株式会社

Printed in Japan　ISBN 978-4-04-114275-2　C0193

★ご意見、ご感想をお送りください★
〒102-8177 東京都千代田区富士見 2-13-3
株式会社KADOKAWA　角川スニーカー文庫編集部気付
「みょん」先生
「ぎうにう」先生

角川文庫発刊に際して

角川源義

　第二次世界大戦の敗北は、軍事力の敗北であった以上に、私たちの若い文化力の敗退であった。私たちの文化が戦争に対して如何に無力であり、単なるあだ花に過ぎなかったかを、私たちは身を以て体験し痛感した。西洋近代文化の摂取にとって、明治以後八十年の歳月は決して短かすぎたとは言えない。にもかかわらず、近代文化の伝統を確立し、自由な批判と柔軟な良識に富む文化層として自らを形成することに私たちは失敗して来た。そしてこれは、各層への文化の普及滲透を任務とする出版人の責任でもあった。

　一九四五年以来、私たちは再び振出しに戻り、第一歩から踏み出すことを余儀なくされた。これは大きな不幸ではあるが、反面、これまでの混沌・未熟・歪曲の中にあった我が国の文化に秩序と確たる基礎を齎らすためには絶好の機会でもある。角川書店は、このような祖国の文化的危機にあたり、微力をも顧みず再建の礎石たるべき抱負と決意とをもって出発したが、ここに創立以来の念願を果すべく角川文庫を発刊する。これまで刊行されたあらゆる全集叢書文庫類の長所と短所とを検討し、古今東西の不朽の典籍を、良心的編集のもとに、廉価に、そして書架にふさわしい美本として、多くのひとびとに提供しようとする。しかし私たちは徒らに百科全書的な知識のジレッタントを作ることを目的とせず、あくまで祖国の文化に秩序と再建への道を示し、この文庫を角川書店の栄ある事業として、今後永久に継続発展せしめ、学芸と教養との殿堂として大成せんことを期したい。多くの読書子の愛情ある忠言と支持とによって、この希望と抱負とを完遂せしめられんことを願う。

一九四九年五月三日

女友達は頼めば意外とヤらせてくれる
Onna Tomodachi ha Tanomeba Igai to Yarasete kureru
あたしはカノジョじゃなくて──
友達、なんだからね？
鏡遊 Yuu Kagami
イラスト 小森くづゆ
1巻発売即重版!!
インドア陰キャ男子高校生の湊。リア充陽キャの葉月。正反対でありながら毎日遊び回るうちに親友となった二人。あるとき、湊が土下座して「一度でいいからヤらせてくれ!」とお願いしたらあっさりとOKされて……。
スニーカー文庫

隣の席のヤンキー清水さんが髪を黒く染めてきた
底花　イラスト　ハム
Story by Teika Art by Hamu
お前のために髪を黒く染めたんだから……、
気づけよな。
1巻発売即重版!!
「髪染めたんだね」「ああ」「どうして髪染めたの?」「なんでって、昨日お前が……」僕の隣の席に座る金髪から黒髪に染めたヤンキーJK・清水さん。その後も一緒に料理したり、お弁当をくれたりするのだけど……。

スニーカー文庫

きみの紡ぐ物語で
世界を変えよう。
第30回
スニーカー大賞
作品募集中!
大賞 300万円
+コミカライズ確約
金賞 100万円
銀賞 50万円
特別賞 10万円
締切必達!
前期締切
2024年3月末日
後期締切
2024年9月末日
詳細は
ザスニWEBへ
https://kdq.jp/s-award
イラスト／カカオ・ランタン